外国名作家文集·圣埃克苏佩里卷

南方邮航

COURRIER SUD

[法] 圣埃克苏佩里／著

李玉民／译

Antoine de Saint-Exupéry

漓江出版社

圣埃克苏佩里

译自法国巴黎伽利玛出版社 1929 年版

圣埃克苏佩里有几副面孔?

李玉民

每人一张脸，却不止一副面孔，否则就太单调了。譬如父母双亲，通常有专职的两副面孔：慈父慈母、虎爸虎妈，缺一副就有失职之嫌。这里指的是真实的面孔，假面不在此列，尽管在生活中，尤其各种正式场合，假面比比皆是，似开假面舞会。

《圣埃克苏佩里的五副面孔》，友人乔治·佩里西埃医生写了这样一本书，给圣埃克苏佩里画出五张面孔，应该真实可信。世人最熟知的两副面孔，当然是飞行员和作家，可以称为他的标准像了。余下的三副，“男子汉”想必没有争议。他那男子汉气概，无论在履职中还是著作里，都表现得淋漓尽致。至于发明家和魔术师，恐怕就鲜为人知了。

不过，即使熟知的面孔，又有多少人了解其特征呢？飞行员兼作家，就界定圣埃克苏佩里是“行动文学作家”了。可是，纵观圣埃克苏佩里的著作，就能发现一种意想不到的特征：每次行动仅仅是引子，引发的思考层出不穷。以篇幅和分量而论，思考远远超过行动。可惜没有“思考文学作家”这种说法，只好作罢。

最没有争议的是“男子汉”面孔。然而细看来又会发现，圣埃克苏佩里变脸术是他的拿手好戏。如果说父母通常有两副专职的面孔，那么圣埃克苏佩里出于天性，也有天职的两副面孔。他在小说中驾驶飞机，的确男子汉气概十足，可是每到危难关头，他转脸就变成孩童，到永恒的童年记忆中寻求救助和灵感。尤其《战斗飞行员》，将战场变成儿童游乐场，他那童年的游戏又玩出新花样，与敌人密集的高射炮火周旋。他在写给母亲的信中，更是大耍孩子脾气，必要时装出男子汉气概，说大话也是孩子语气。他跟伙伴们在一起时，高兴起来就大谈他童年有趣的游戏，如何争当火焰堡的阿克兰骑士。更为绝妙的是，他这两副面孔演起双簧，演绎出一部《小王子》，分身化为年轻飞行员和外星来客小王子。在沙漠中相处一周，通过小王子的口，宽容地讲述大人世界何等荒唐，他们挤进高速火车的车厢里，却不知道追求什么，丧失了原有的智慧。

发明家和魔术师，这两副面孔又是一对好搭档，相得益彰。发明家要拿出发明成果，是看得见的硬实力，而魔术师的法术，则是看不见的软功夫。圣埃克苏佩里在预备组学习几年，基础知识非常扎实。而他又凑巧有发明创新的天赋，本可以走科学研究之路。但是宥于职责在身，他不能专职研究，却足够专业，申请了十余项航空领域的发明专利，算个名副其实的发明家。顺便说一句，他的发明专利，美国航空制造和导航系统全用上了。

值得一提的是，他的十余项发明专利集中在1935—1940年间，正是他最黯淡、最苦闷的时期，因为他爱飞行上不了蓝天，重友谊而没有战友，想写作出不来作品。不料，他却像变戏法似的，变出十多项科学发明，岂不是魔术师吗？要知道，也正是在这种艰难时期，他写出一本记事和五本笔记，记录了他的思考和见解，内容涉及科技人文各个领域，总能提出自己独特的想法。他和懂行的人谈论生物学、遗传学、天文学、政治学、文学创作、音乐美术等话题，总能深入探讨，大家都受益。一般都认为他学识渊博，这话不错，但更重要的是，各种知识他总要融会贯通。这就是魔术师的一绝。

魔术师还有一绝，就是他的直觉。圣埃克苏佩里在研究发明的路上，有时就凭直觉达到认识的飞越，比起那些经过长时间科学计算的研究人员来，更接近正确的结果。例如他的一项专利，“可压缩流体内的推进及升力”，有点儿费解，其实就是推及喷气发动机的原理：“他虽然并未肯定地计算出这种强度，但是分析了喷气现象。”（梅特拉尔语）

这三对六副面孔，应当说鲜明地交织在圣埃克苏佩里这四本著作中。好事者还可以找出别种面孔，如：亲善大使、道德典范、爱国者、人类文明的种子……甚或战斗英雄、劳动模范，有何不可呢？至少，每位读者都可以从书中发现自己喜爱的面孔，难说不会找到自我。

2018 年 6 月

于大连金石滩

目录

南方邮航

夜航

南方邮航

初版序言

安德烈·伯克莱[①]

一个人如安东尼·德·圣埃克苏佩里，朋友和上司交口称之为天才，这就总让我联想到阿兰[②]《关于静止的谈话》中的说法："力量的真正特征，是耐力，一如沉思的特征：又聋又哑，面对各种事物持续不断的打击，绝不像动物那样窥伺而又恐惧，而是仅凭意志来视听，这才是英雄。"这样一个坚毅刚强的汉子，在民航飞行员的大家庭里，也受到了应得的赞扬："……这个年轻人，屡屡通过这种奋勇之举，每周都带来更为大胆进取的捷报，在这个里奥德奥罗的荒漠国度，他将久久成为传奇人物。"这种评语以公告的方式发表出来，丝毫没有添加道德和浪漫的内容。

圣埃克苏佩里身材高大，性情却谦抑而腼腆。别人说他什么都触动不了他，因为，不论赞扬还是恐吓，他那身体都敬而远之。他

① 安德烈·伯克莱（1898—1985），法国作家，出版《无名城》（1921）等多部小说。1948年出版的《吉罗杜的分分秒秒和其他回忆》一书，有一部分专写圣埃克苏佩里。
② 埃米尔·阿兰（1868—1951），法国随笔作家。

自己不讲，要说也顾左右而言他：一个人既有英雄胸怀，就总能保持常态，高度地保持缄默的贵族气质。那么，就由我们来书写：在我们眼中，他是邮航公司最优秀的飞行员。

有人也许会奇怪，这个年轻人还写书。当然，圣埃克苏佩里并不是作家，而飞机对他来说，也从来不是一种文学消遣。然而，往往被实干家置于智力之上的性格和毅力，在行动的念头中，正是发端的异乎寻常的源泉，因此，天生就称得上“飞天”的一位飞行员，或许能应我们的要求，谈一谈那些非同一般的感受，在始终不断的冲击中的真切感受，其精确的程度超过结构最严谨的小说。况且，有军魂的人，也就是说英雄，总有一种美妙的语言，根本不用搜索枯肠，何等鲜活生动，能不引人入胜吗？

圣埃克苏佩里的那家邮航公司，在诸多服务业务中，确保连接欧洲和南美洲，通常航程长达一万三千千米：那条虚拟线路始终是相同的，要飞越无数道障碍，赞叹声应当远胜过那么多的强盗故事，只因那些故事中的英雄行为不受这样纪律的束缚。卡萨布兰卡—达喀尔这段航线的飞行员，尤其生活在这种悲剧频发的单调之中，他们的勇气首先要用钟点来计算：星期五早晨必须离开图卢兹，务必于星期六傍晚飞抵目的地。

圣埃克苏佩里任站长的朱比角中途站，位于大西洋和撒哈拉之间，开辟这条航线的险历，有些片段已为我们熟知。他从朱比角出发，前往内陆，找到并修好失事的飞机，须知飞行员每次航行，都要飞越两千三百千米的沙漠，其间约一千五百千米是里奥德奥罗地区：那是不驯服的区域，危险长存，还时有龙卷风和大雾的恶劣天气。这片尚未开发的毛里塔尼亚，充斥着狂热崇拜和部族仇杀，而飞行员生活在那里，遭遇危险，只能向三座西班牙要塞求援。我们仅仅从简报中了解他们的业绩，而那些简报类似这本书的最后几行。

以里盖尔为例，他为了救助飞行员古尔，驾机降落到那些伤了古尔，杀害了他几个伙伴的不驯服的土著人中间。

吉约迈、里盖尔、雷纳和安东尼，也赶往反叛地区，救护了在那里失事的一架乌拉圭水上飞机的机组。

科莱也从那些人手中，救出一只帆船的遇难者。

圣埃克苏佩里正是这场无章可循，又得步步为营的战争主角之一，这不仅是因为他在雷纳和塞尔被俘四个月期间，表现出的果敢和胆识，还因为他身上体现了天生的勇敢和洒脱的英雄气概。他继西蒙和科莱之后，前往分立区域，找见了飞机出了故障五天、快要渴死的勒布里；他还救了飞机坠落在里奥德奥罗的西班牙飞行员。他带着一名翻译，独自驾机，冒着生命危险随处降落；还有一回，他修复救起一架因故障遗弃在撒哈拉的飞机，而在一场武装冲突中，他还鼓舞和他在一起的土著人士气。

这样一位身兼战士的飞行员，还有余暇写作，这似乎是件新鲜事。其实，这正是一个实干家的特权，换件事做做就是休息了，而我们的乐趣，并不是看到英雄身上惊现作家，而是在作家身后找见他本人。重要的是接触这位战士，跟随他持续不断地搏斗，倾听他讲述勇气的肺腑之言。

这支笔下的传奇故事更加直截了当，不是经过现代读者无意中熟知的艺术加工，而是当即就呈献给我们，读罢仿佛从一种比我们经历的更为高尚、更为纯洁的现实中归来；也不追求风格，仅仅保持产生于一种高尚职业，并服从于毅力的那种敏感和那种坦诚。

李玉民　译

第一部分

一

“发报。六点十分。图卢兹通知各中途站：法国—南美洲航班，五点四十五分离开图卢兹。句号。”

*

碧空如水，星辰漂浮而显现。继而，夜幕降临。月光下，沙丘连着沙丘，撒哈拉无限延展。照到我的额头的这盏灯光，照不清物体，却能显示其轮廓，给万物以浓厚的柔和。在我们发声微弱的脚步下，正是厚积沙层的奢华。我们光着脑袋行进，解脱了烈日的重压。黑夜，这个居所……

然而，怎么能相信我们安宁呢？信风毫不停歇，一阵阵朝南滑过去，擦过海滩时，发出窸窣的丝绸声。不复为欧洲的风了：回旋，消停，刮到这里便跟定了我们，犹如跟定了飞驰的特别快车。夜晚，风吹着我们，往往特别硬，我们面朝北，后背依靠着风力，就感觉被裹走，随风而上，升向一个幽暗的目的地。多么匆忙，多么慌张！

太阳回环，又带来白天，摩尔人不大动弹。那些贸然逼近西班牙要塞的人，指手画脚、挥枪舞棒如同拿着玩具。从幕后观望，撒哈拉就是这样：拒不归顺的部落丧失其神秘性，放出来一些小角色。

我们抱团一起生活，圈子极狭小，面对我们自己的形象。这就是为什么，我们在大漠，却不知何为孤单：必须回到自己家中，想象我们远在天涯，从远景中才能发现我们孤苦的境况。

我们走出去不过五百米，就进入叛离区：我们成了摩尔人和我们自身的俘虏。我们最近的邻居，也在七百千米远的锡兹内罗斯[①]，一千千米远的艾蒂安港[②]，同样困在撒哈拉，犹如囚在脉石中。他们绕着同一座要塞运行。我们知道他们的外号，了解他们的喜好，然而，我们就像居住在不同的星体，相隔同样遥深的渊默。

那天早晨，世界开始为我们骚动起来了。无线电发报员终于转发给我们一份电报：两根插进沙地的天线杆，每周一次将我们同这个世界联系起来：

"法国—南美洲航班五点四十五分离开图卢兹。句号。十一点十分经过阿利坎特。"

图卢兹说话了。图卢兹，始发站。远方的上帝。

十分钟工夫，这条消息通过巴塞罗那—卡萨布兰卡—阿加迪尔，传达给我们，然后又传向达喀尔。五千千米的航线上，机场都接报而动。晚上六时，再次向我们通报：

---

① 锡兹内罗斯：今称达赫拉。
② 艾蒂安港：今称努瓦迪布，1907—1970 年称艾蒂安港。

“二十一点航班在阿加迪尔降落，二十一点三十分向朱比角进发，载着米其林飞机轮胎着陆。句号。朱比角准备常规火光。句号。命令同阿加迪尔保持联系。签发，图卢兹。”

我们孤零零，在撒哈拉腹地，从朱比角观象台追随一颗遥远的彗星。

傍晚将近六点钟，南方动起来了：

“达喀尔呼叫艾蒂安港、锡兹内罗斯、朱比角：紧急通报航班消息。”

“朱比角呼叫锡兹内罗斯、艾蒂安港、达喀尔：十一点十分途经阿利坎特，再无消息。”

一台发动机在某处轰鸣。从图卢兹一直到塞内加尔，大家都力图捕捉那隆隆声。

二

图卢兹，五时三十分。

机库对着雨夜敞着大门，机场汽车开到门口戛然停下。几只五百瓦的电灯，强光照得物体像展台的展品，赤裸裸的，线条生硬，轮廓分明。在机床的拱顶下，说话字字有回声，余音袅袅，充斥着寂静。

钢板亮晶晶，发动机没有半点油污。飞机看上去崭新。机械师以发明家的手指，触摸着精密仪器。全部仪表调试完毕，现在他们离开了。

“抓紧，先生们，抓紧……”

邮包一个接着一个，塞进飞机的底舱。快速清点：

“布宜诺斯艾利斯……纳塔尔……达喀尔……卡萨布兰卡……达喀尔……总共三十九包。准确吗？”

“准确。”

飞行员急忙穿衣：套头羊毛衫、领巾、皮革飞行套服、毛皮靴子。他睡眼惺忪，身子还发沉。有人叫他：“好啦！快点儿……”双手满把是手表、高度计、地图夹，还戴着厚手套，手指动弹不得，他的动作非常笨拙，爬上飞机驾驶舱座位，活像个浮出海面的潜水员，然而，一旦坐定，他整个人就轻松了。

一名机械师爬上来对他说：

“六百三十千克。”

“好的。乘客呢？”

“三位。”

他只是记录，并不见他们。

机场经理转身走向操作台。

“这个发动机机罩是谁盖的？”

“是我。”

“罚款：二十法郎。”

经理最后扫了一眼：事物井然有序，操作规范，犹如一场芭蕾舞演出。这架飞机，无论在机库，还是五分钟后升上高空，都有其准确的位置。这次飞行，也同轮船出航一样，都经过了精确的计算。这台发动机机罩不盖严，就会出大娄子。这些五百瓦的大灯泡、这些精审的目光、这样严格的规定，全为了保证这班邮航一站一站飞行，一直到布宜诺斯艾利斯，或者智利的圣地亚哥，达到通过弹道那样一种效果，而不是碰运气似的执行一项任务。就是不顾暴风雨、大雾、龙卷风，不顾阀门的弹簧、气门摇臂和器材层出不穷的漏洞，也要务必追上、超越，并且远远抛开那些快车、特别快车、货船、汽轮！用创纪录的时间抵达布宜诺斯艾利斯，或者智利的圣地亚哥……

“起飞。”

有人交给飞行员贝尔尼一张字条：战斗方案。

贝尔尼看到：

“佩皮尼昂城报告晴天，无风。巴塞罗那：暴风雨。阿尔坎特……”

图卢兹，五时四十五分。

强劲有力的飞机轮子碾过垫木。螺旋桨的疾风扫荡，连机身后二十米远的草坪似乎都在流动。贝尔尼一扭手腕，就能掀起或者遇上风暴。

反复发动之后，机器声现在厚实了，最终变成一片几乎牢固的沉重声场，团团裹住飞行员的身体。他一旦觉出声场往他体内灌注了此前尚未实足的某种东西，随即就想：“行啦。”然后，他瞧了瞧发动机黑色防护罩，逆光中仿佛炮口伸向天空。螺旋桨后边，颤动着黎明的景色。

飞机迎着直立的风，缓缓滑行一阵之后，他就一拉操纵杆，加大油门，飞机就被螺旋桨揪住往前冲，往有弹性的空气上跳了几下，地面终于显得绷紧了，在飞驰的轮子下，犹如一条传输带闪闪发亮。飞行员自有判断：空气起初难以捕捉，继而化为流质，现在变成固态了，于是，他攀爬而飞升了。

夹护跑道的树木纷纷闪避，让出了天际。升到两百米高时，还俯身望望一座儿童乐园、园中挺立的树木、彩绘的房屋，而森林依然那么郁郁葱葱：人居的大地……

贝尔尼调试着靠背的倾斜度、臂肘适当的位置，这对他心神恬静必不可少。图卢兹的低压云，在他身后还能映现航空港的幽暗大厅。现在，飞机还在飞升，他放松几分控制，稍微让手中掌握的力量释放出来。他动一动手腕，一股一股气浪就托举带他上升，冲击波也传遍他的周身。

飞行五个多小时，就到阿利坎特（西班牙），今晚能抵达非洲。贝尔尼在畅想。他的心情十分平静："我都归拢好了。"昨天，他乘晚班快车离开巴黎，多么奇特的假期。他恍惚还记得一阵隐隐的心乱。有他难受的时候，眼下，一切他都抛之脑后，就好像那一切自行继续，与他无关了。眼下，他似乎随着升起的晨曦诞生了，似乎帮助晨光哟，共同创建这一天。他想道："我何止是个工人，我还建起了非洲的邮航。"而每一天，对工人来说，开始建设世界，世界就开始了。

"我都归拢好了……"在公寓最后那个夜晚。叠好的报纸，放在书堆的四周。信件该烧毁的烧毁，该保留的分门别类整理好；家具都用罩布盖上。每件事物一旦圈定，就从他的生活中抽出去，置于空间了。他的心为这些东西纠结，就没有意义了。

他为第二天所做的准备，就好像要出门旅行似的。他投身第二天，就如同踏上一片美洲大陆。多少事情尚未了结，还一直牵扯着他。突然一下子，他就自由了。贝尔尼发现自身这样无牵无挂，虽死无憾，心里几乎有点害怕了。

卡尔卡松城，紧急降落的中途站，就在他下方漂移。

什么世界会如此井井有条——三千米。安排在盒子里赛似羊圈。房舍、运河、道路，都是人的玩具。划分好的世界，分成方块的世界，每块田地绿篱为界，园子由墙壁相隔。卡尔卡松城，每家服饰用品铺子的老板娘，无不重复自己老祖母的生活，圈子里的卑琐幸福。人的玩具，整整齐齐码放在橱窗里。

橱窗里的世界，过分暴露，过分炫耀，一座座城市，排列在卷起来的地图上，而缓慢的大地，以潮信的准确，将这样的世界呈送给他。

他想到自己孤单一人。海拔高度表盘上闪耀着阳光。一颗明亮而冰冷的太阳。踏一下操纵杆，整个景物就漂移。这阳光是矿物质，这土地仿佛也是矿物质：消除了赋予生命体以柔和、芳香、软弱的成分。

然而，这身皮衣里面，是温暖的肉体，而且脆弱——贝尔尼。在厚厚的手套里，是美妙的双手，日奈维埃芙，这双手多会用手指背抚摩你的脸……

到了西班牙。

三

雅克·贝尔尼，今天，你飞越西班牙上空，怀着主人的平静心情。了然于胸的印象，就要逐个呈现在眼前。你从容不迫，动一动臂肘，就游走于暴风雨缝隙之间。巴塞罗那、巴伦西亚、直布罗陀，都一一送给你，又一一带走了。这样也好。你一路将扫清地图，再卷起来，完成的工作就堆在身后。不过，我还记得你首航的前夕，你跨出的头几步，我给的最后忠告。拂晓时分，你就得张开双臂，满满抱起一个民族的沉思。满抱在你细弱的手臂里。如同长袍里怀揣宝物，抱着沉思录闯过无数艰难险阻。邮件珍贵，有人对你这样说过，邮件比生命还要宝贵，又十分脆弱。稍有差错，就要焚毁，烧成灰被风吹散。我记得那次出征的前夜。

“那次怎么啦？”

“那次你试图飞到佩尼斯科拉海滩。你不要指望渔船。”

“还有呢？”

“还有，直到巴伦西亚，一路你总能找到紧急降落的机场：我用红笔全标出来了。万不得已，你就降落到干涸的河床上。”

贝尔尼在这盏绿罩的灯光下，摊开这几张地图，神思又回到中学时代。可是，他今天的老师，从每个地点都为他发掘出一个鲜活的秘密。那些陌生的国家不再提供死的数字，而是开满鲜花的实际田野——恰恰在那里，千万小心这棵树——还提供真正海岸沙滩——而那里，傍晚时候，一定得躲开渔民。

雅克·贝尔尼，你已经知晓，我们永远也不可能了解格拉纳达①、阿尔梅里亚②、阿尔罕布拉宫，永远也不可能了解那些清真寺，但是，一条小溪、一棵橘子树，以及溪流橘叶的絮语，我们必须熟知。

“你听好了：这里如果天气晴朗，你就径直飞过去，如果赶上坏天气，你飞得低，那就压向左边，进入这座山谷。”

“我进入这座山谷。”

“飞一会儿，你出这山谷就到大海。”

“我出这山谷就到大海。”

“要当心你的发动机：山间有巉岩峭壁。”

“发动机若是不给我干活了呢？”

“你就想法整治吧。”

贝尔尼微笑起来：年轻飞行员总好幻想，打弹弓游戏，一颗石子飞来，要了他的命。一个孩子跑来，一只手兜头盖脑将他拦住，掀倒在地。……

“不会的，老兄，不会的！总有办法弄好。”

对这种教育，贝尔尼很得意：他童年时没有读过《埃涅阿斯

① 格拉纳达（Granada）：西班牙省会城市，历史名城，公元11世纪，摩尔人在该城建立格拉纳达阿拉伯王国，直到1492年被天主教国王攻取。城中古迹有阿尔罕布拉宫和花园。
② 阿尔梅里亚：西班牙省会城市。

纪》[1]，无从获取一条脱险保命的秘诀。学校老师指着西班牙地图的手指，并不是巫师的魔指，既揭示不出宝藏或者陷阱，也不能在这片牧场上变出这个牧羊女。

这盏灯今天多么温馨，流淌出一种油亮的光。这条油亮的灯光，在海中取静。外面刮着风。这个房间在人世真是座孤岛，犹如一家海员客栈。

“来点波尔图酒[2]？”

“那还用说……”

飞行员的房间，流动的旅店，往往还得重新建造。头天傍晚，公司通知我们：“某某飞行员调往塞内加尔……调往美洲……”于是，当晚务必切断联系，钉好箱子，从他的房间将自己清空，带走他的照片、图书，身后留下的印迹，还不如住过一个幽灵。也要在当晚，有时还得拉开搂住不放的双臂，耗尽一个女孩子的气力，并不是开导她，她们个个都那么固执，而是跟她爱个够，将近凌晨三点钟，才把她轻轻放下去睡觉：她不是屈从了离别，而是认可了她的伤悲。心下便想道：她还是接受了，伤心流泪了。

雅克·贝尔尼，后来你跑遍世界，学懂什么了呢？飞机吗？在坚硬的水晶里，缓慢地往前掘洞。那些城市，也一座一座逐渐替换，必须着陆，身临其境，才会有城市的面貌。现在你知道了，这些财富呈送来，又化为乌有，被时光湮没，犹如被海水冲荡。然而，你

---

① 《埃涅阿斯纪》：古罗马诗人维吉尔（公元前70—前19）所作的史诗。长诗描写特洛伊英雄埃涅阿斯在特洛伊城池被敌人攻陷后，经过千难万险，到意大利创建新的邦国的经历。
② 波尔图酒：葡萄牙生产的一种甜葡萄酒。

头几次飞行归来，就想到自己变成了什么样的男子汉，为什么还这么渴望对比一个幽灵似的温柔男孩呢？你一获准休假，就拉着我回中学：“贝尔尼，我在撒哈拉等着你经过，也是从那里忧伤地回忆那次对我们童年的拜访。”

松林中间，一座白色别墅，一扇窗户点亮了灯，接着又一扇窗户。你对我说：

“那是自习室，我们头几首诗就是在那里写的……”

我们从遥远的地方归来。我们厚重的大衣覆盖了世界，而我们旅行者的灵魂，却守护在我们自身的中心。我们飞抵那些陌生的城市，要咬紧牙关，戴着手套，保护好自己。人潮向我们流动，但是并不触碰我们。我们的白色法兰绒长裤和网球衫，要留待到驯服的城市穿，就是到了卡萨布兰卡、达喀尔、丹吉尔，我们上街不必戴帽子，而在这座沉睡的小城里，无须穿戴得那么整齐。

我们回来了，成为肌肉发达、结结实实的男子汉了。我们拼搏了，吃过苦头，我们飞越了无边无际的大地，我们也爱过几个女人，有时还拿命跟死神赌起输赢，这仅仅是为了消除控制我们童年的那种恐惧：怕罚作业，罚留校，也是为了星期六晚上去听宣布分数时，再也受不到伤害。

有人在门厅就交头接耳了，随后招呼名字，接着，急急忙忙走过来几个老人。他们过来了，全身披着金黄色的灯光，干瘪的脸颊布满皱纹，但是眼睛特别明亮：喜气洋洋，又善意迎人。我们当即就明白，他们知道了我们已经脱胎换骨：是啊，老校友返校，通常都扬眉吐气，迈着雄健的步伐。

因为，他们感到我握手如此有力，看见雅克·贝尔尼目光那么坚定，都毫不惊讶，因为，他们直截了当就把我们视为男子汉了，还因为，他们跑去拿来一瓶陈年萨莫斯酒，却从未向我们透过口风。

大家入座吃晚饭。他们挤在灯罩之下，如同乡下人围拢着火炉，这就告诉我们，他们年迈体衰了。

他们年老体衰，因而变得宽容了，因为我们从前的懒惰，本可以把我们引向歧途，引向贫穷，现在看来只是小孩子的一个缺点，他们由衷地微笑起来；还有，我们的傲气，他们非要压下去，无所不用其极；而那天晚上，他们倒赞扬起来了，说那是高尚的。就连哲学老师也向我们吐了真话。

笛卡儿的思想体系，也许建立在一个尚待证明的判断上。帕斯卡尔……帕斯卡尔很残忍，亲手结束了自己的性命，他虽然锲而不舍，还是未能解决人类自由的老问题。而哲学老师，他本人，竭尽全力保护我们，反对决定论，反对泰纳[①]，在他看来，对于刚走出校门的孩子，最凶残的敌人莫过于尼采，他也向我们承认，他产生过有罪的温情。尼采……尼采本人，令他心绪不宁。而物质的实在性……他真弄不懂了，心里惴惴不安……就这样，他们一再询问我们。我们走出这间暖房，进入生活的暴风雨，我们应该对他们讲一讲，大地上真实的天气。男人如果爱上一个女人，是否真的会像皮洛斯[②]那样变成她的奴隶，或者像尼禄那样，变成她的刽子手。非

① 泰纳（1828—1893），法国哲学家、历史学家和文学批评家，著有《现代法国的起源》（1875—1894）、《论拉封丹寓言诗》（1853）、《英国文学史》（1864）、《艺术哲学》（1866）。

② 皮洛斯：希腊神话传说人物，阿喀琉斯之子。父亲战死后，“他继续参加对特洛伊的战争，在战斗中所向披靡，杀死了特洛伊王普里阿摩斯。瓜分俘虏时，他要了特洛伊主帅赫克托耳的妻子安德洛玛刻。书中所指，系他对安德洛玛刻的崇拜”。

洲，及其浩瀚的荒漠、湛蓝的天空，是否真的符合地理老师的教授呢。（就说鸵鸟，闭上眼睛是为了自保吗？）雅克·贝尔尼微微点头，他肚子里装满了大秘密，不过，老师们总有办法给套出来。

他们还要了解他行动中陶醉的心情、他那发动机的轰鸣，了解我们为了追求幸福生活，再像他们这样，傍晚修修玫瑰树就不够了。现在又轮到他解释卢克莱修[①]或《传道书》，同时提出忠告。贝尔尼则抓住话题，及时告诉他们，必须带足食物和水，以防飞机发生故障困在沙漠中，自己饥渴而死。贝尔尼还急忙抛给他们最后的忠告：从摩尔人手中救出飞行员的秘密、飞行员逃出大火的本能反应。他们连连点头，还颇为不安，但是已经放了心，也为将这些新生力量投放世界而自豪。老师们一直赞赏这些英雄，现在终于用手指触碰到他们，终于了解他们，也就死而无憾了。他们还提起了少年恺撒。

不过，我们对他们说劳而无功之后有多失望，休息时咀嚼着苦涩味道，还真怕惹他们伤心。可是，由于年纪最长的还在神往，这让我们难受，千真万确，唯一的真理，或许就是书中的和平。然而这个道理，老师们早就知道。他们的人生经验是残酷的，只因他们向人教授历史。

“你们为什么还要回乡呢？”贝尔尼没有回答，但是老教师们了解人心，他们挤眉弄眼，想到了爱情……

---

① 卢克莱修（约公元前98—约前55），拉丁诗人，著有哲学诗篇《物性论》。

四

大地，从高空看下去，显得光秃秃的，而且死气沉沉；飞机下降：大地有了装束。树林重又覆盖地面，山谷、丘陵，则赋予地势波浪的形态：大地在呼吸。他飞越一座高山，那巨人的胸膛鼓起来，几乎接近他了。

现在贴近地面，物体流动加速，犹如桥下一条湍急的水流。这是一体世界的崩溃。树木、房屋、村庄，纷纷脱离平滑的地平线，朝他身后漂移而去。

阿利坎特地面上升，左右摇晃，位置确定，飞机轮子擦着地面，好似接近一台轧钢机，在上面磨砺……

贝尔尼下了机舱，双腿沉甸甸的。他闭了闭眼睛，脑袋里还充斥着发动机的轰鸣和活跃的景象，四肢还仿佛灌足了飞机的震荡。随后，他走进办公室，缓慢地坐下，一臂肘推开墨水瓶和几本书，拉过来612航班飞行笔记。

“图卢兹—阿利坎特：飞行五小时二十五分钟。”

他停下笔，任由劳顿和神游控制自身。忽然传来一阵模糊的声响。有个女人在什么地方嚷嚷。福特车司机打开车门，连声道歉，赔着笑脸。贝尔尼一本正经地扫视这几面墙壁、这扇门，以及这个自然体量的司机。他的神思搅进这场争执长达十分钟，听不明白争论什么，只看见周而复始的那些动作。眼前的景象并不真实。门前栽植的一棵树，已有三十年了。三十年来的形象坐标。

“发动机：无异常。飞机：向右倾斜。”

他撂下笔杆，随意想道：我困了。紧紧箍住他这太阳穴的梦幻，又变本加厉了。

琥珀色的阳光下，景物特别清亮，耙得平整的田地和草地。一座村庄坐落在右边，一小群羊布列左边，背景合龙的是蓝色的天穹。“一户人家。”贝尔尼想道。他猛然醒悟，感到记得这景物、这天空、这片土地，恰恰构成一个家园。熟悉的家园，整整齐齐。每样东西都直上直下竖立着。这个景象完全一致，天衣无缝，毫无威胁，他恍若就身处这景物之中。

那些老妇人就是这样，伏在她们客厅的窗前，便自以为是永恒形象了。草地清新，园丁动作缓慢，正在浇花。她们望着他那令人安心的背影。光亮的地板散发涂蜡的气味，她们闻着好开心。房间整洁，充满温馨：时光流逝，冲走每日的阳光和风雨，无非凋谢了几朵玫瑰花。

“时间到了，别了。”贝尔尼重又上路。

贝尔尼冲进暴风雨。暴风雨肆虐，像拆房工人的尖镐，一下一下捣着飞机；见得多了，总能闯过去。贝尔尼只剩下最基本的念头了，指导行动的念头：飞出环抱他的群山，这里下冲的龙卷风裹住他往下沉，而暴雨密匝匝汇成黑夜，跳出这堵墙，飞到海洋。

一下撞击！断裂啦？飞机突然压向左边。贝尔尼一只手拉住，接着上两只手，接着用上整个身体。“真邪门！”飞机重又发沉下坠。这回贝尔尼彻底交代了。再过一秒钟，不待他弄明白，他就会被抛出这间遭受冲撞的房子，永远坠入沉渊。平原、森林、村庄，旋转着朝他喷射过来。看似一股烟，盘旋的烟，烟！羊圈翻筋斗似的撞击天空的四角……

“噢！吓着我了……”脚后跟一磕，分开一条电缆。操纵杆卡住了。怎么，有人破坏？不对。绝没有的事儿：动一动脚后跟，世界就恢复了秩序。好险啊！

一次险历？那一秒钟，在嘴里只留下一股味道，一股肉酸味。唉！可是，那道缝隙所见！那一切纯粹是幻影：道路、水渠、房屋、人的玩具……

通过了。没事儿了。这里，天空晴朗。气象预报报过了。“天空四分之一分布卷云。”气象预报？等压线？鲍尔森教授的“云系”理论？百姓节庆的天空：对，七月十四日[1]的天空。应当这样说：“在马拉加，这天是节庆！”每个居民都独自拥有上万米的晴空。天空一直晴到卷云。从未见过如此清亮、如此巨大的水族馆。赛船的一天傍晚，海湾就是这样：天空湛蓝，大海湛蓝，上尉的衣领和眼睛也湛蓝湛蓝。假日这么光辉灿烂。

完事了，三万封信送达。

---

① 七月十四日是法国国庆日。

邮航公司一再强调：邮件非常珍贵，邮件比生命还宝贵。不错，三万名情人赖以为生的东西……耐心等待吧，情人们！在夜晚的灯光里，有人会朝你们走去。在贝尔尼的身后，阴云密布，被龙卷风吸进罐子里搅拌。他面前的大地阳光灿烂，草地换上鲜亮的衣衫，树林则盖上了毛毯，而大海披上了吹皱的轻纱。

飞到直布罗陀，夜幕就降落。从那里往右一转，飞向丹吉尔，贝尔尼就要脱离欧洲，那漂移的巨大冰山……

再经过几座褐土滋养的城市，就到非洲了。再经过几座由黑色淤泥滋养的城市，就到撒哈拉了。这天傍晚，贝尔尼将要观赏大地的卸妆。

贝尔尼疲倦了。两个月前，他北上巴黎，要去征服日奈维埃芙，他收拾好败局，昨天返回邮航公司。这些平原、这些城市、这些灯火，都纷纷离去，那正是他本人抛弃的，是他卸的妆。再过一小时，就能望见丹吉尔灯塔的亮光。雅克·贝尔尼，直到望见丹吉尔灯塔之前，还要沉溺在回忆中。

第二部分

一

我就该回顾一下，讲一讲近两个月是怎么度过的，否则还会留下什么呢？我要讲述的事件所激起的小小波澜，泛起的层层涟漪，渐渐地平复了，波及的人物也随之从事件中消失，而我关心他们的事，开头不免焦虑，继而心焦减缓，最终也就释然了，我重又觉得这个世界靠得住了。故地重游，回想起日奈维埃芙和贝尔尼，我本该心碎的地方，我这不是可以散步了吗，不是也没有触发憾恨吗？

两个月前，他北上巴黎，殊不知离开的时间太久，再也找不到自己的位置了：一座城市总要人满为患。也只有雅克·贝尔尼，还穿着一件散发樟脑味的西服上衣。他走起路来，身子僵硬而又笨拙。他那军用旅行箱整齐地摆放在房间一角，里面装有他的全部所需物品，表明他生活的不稳定性和临时性：这个房间还没有被白床单、被书籍征服而归属。

“喂……是你吗？”他联系所有朋友。大家都惊呼，连声祝贺他：

“好哇！哪阵风把你吹回来啦！”

“哦，是啊！什么时候见见面？”

人家今天不巧没有工夫。明天呢？明天打高尔夫球，他也去吧。他不想去？那就后天，共进晚餐，八点钟准时见。

他脚步滞重，走进一家舞厅，来到那些小白脸中间，还穿着他那件探险服似的大衣。他们就在这封闭的小场子里度过夜晚，犹如养在鱼缸中的鲋鱼，对女人满嘴恭维话，跳一阵舞，再回身喝饮料。在这种不三不四的地方，唯独贝尔尼还保持理智，他像脚夫那样，感到身体沉重，分量都径直落到双腿上。此刻他的思想毫无亮点。他走向桌子中间的一个空位。那些女人的目光，一碰到他的目光就移开，仿佛熄灭了一般。年轻人身子灵活，都闪开让他过去。真像黑夜里，巡逻军官一路查岗，哨兵纷纷丢掉手指夹的香烟。

这个世界，我们每次回来重又见到，正像布列塔尼水手重睹他们在明信片上的村庄，以及过分忠于他们的未婚妻，重逢时不怎么见老。一本儿童书的插图版画，每次翻看都一样。我们认出由命运安排，一切都各得其所，井然有序，还真担心隐伏着什么东西。贝尔尼打听一位朋友，得到的回答：“是啊，还是那样子。他不怎么顺利。总之，你知道……这就是生活。”人人都是自身的囚徒，身受约束，又看不见牵制的东西，谁能像他，这个逃逸者，这个穷小鬼，这个魔术师。

两个冬季、两个夏季，并没有怎么消损他朋友们的面容。在酒吧角落的那个女人，他认出她来了。她总要面带微笑，却没有怎么显出疲惫之态。酒吧伙计，还是原来那个。贝尔尼害怕被人家认出来，就好像那一声招呼，会让他身上一个故去的贝尔尼复活：那是个没有翅膀的贝尔尼，一个尚未逃出樊篱的贝尔尼。

在回家的过程中：他周围逐渐筑起了景观，仿佛一座监狱。撒哈拉的沙海、西班牙的山岩，犹如戏装一样，渐渐脱下，即将显示出真正的景物。终于，一越过边境线，便是佩皮尼昂展现的平原。这片平原还滞留着夕阳，流泻的光线，倾斜而拖长，每分钟都拉得更细弱；各处芳草披着的金色衣衫，每分钟也越发单薄，越发透明了，最后不是熄灭，而是蒸发了。这时候，蓝蓝的天空下，呈现绿色的泥土，暗淡而又温和。这背景一片宁静。发动机减速，向这海底下潜，下面一切都安适，一切赛似一道墙壁那样鲜明而持久。

从机场乘车前往火车站的这一路程。面对他的这几张面孔，都绷得紧紧的，毫无表情。这几双手，雕刻上他们的命运，平放在膝盖上，显得多么沉重。擦肩而过的这些农民，下田干活归来。这个立在门前的少女，正从千百万的人中守候一个男人，她早已放弃千百万个希望。这位母亲在摇着一个孩子，她已经成为孩子的囚徒，不能逃脱了。

贝尔尼直接寄身于事物的奥秘，从最隐秘的路径回到家园，双手插在兜里，没有旅行箱，航线飞行员。在这个恒定不变的世界里，要想动一动一堵墙壁，要扩展一块田地，那就得打上二十年的官司。

非洲的景色犹如海面，总是变幻莫测，但是待上两年之后，一一窥得真相，这片古老大地的景象便暴露无遗，唯一的、永恒的景色，他现在走出来，踏上一片真正的土地，这个伤心的大天使。

“一切还是原样……”

他本来担心会看到事物不同了，而现在心里难受的是，发现事物还那么相似。同人交往和友谊，除了一种隐约的无聊。他再也无所期待了。真难以想象。那种种柔情，出发时便抛之身后，心上却带着灼伤，但是也怀着一种奇异的感觉，仿佛把财宝埋藏在地下。这样的逃离有时就证明怀有太多吝惜的爱。一天夜晚，撒哈拉繁星灿烂，他正遐想着那些遥远的柔情蜜意，热乎乎的，就像播下的种子，覆盖着夜晚和时光，猛然地，他产生一种感觉：拉开一点距离，是为了观赏睡容。他靠在出了故障的飞机上，面对沙丘的这条弧线，地平线的这段豁口，他好似个牧羊人，在守护他的挚爱。

“这就是我重又见到的！”

有一天，贝尔尼给我写来这样一封信：

我不是跟你谈我归来的情况：我一激动起来，就自以为能主宰事物了，但是，我一点激动也没有唤醒。我正像那名朝圣者，晚了一分钟到达耶路撒冷：他的渴望、他的信念刚刚死去，他只找到了石头。来到这里，这座城市，只看见一堵墙。我就想起身离去。你还记得那头一次启程吧？我们一起驾机飞行。穆尔西亚、格拉纳达卧在下面，好似橱窗里的小摆设。只因我们没有降落，那景象就湮没在过去中了。抽身的世纪岁月，就把那景象寄放在那里了。发动机轰鸣，独自表明存在，而后面的景物静悄悄过去，犹如一部无声电影。还有那种寒冷，因为我们在高空飞行：这些城市都冰冻起来了。你还记得吧？

我保留着你给我的那些字条：

“注意这种奇怪的响动……如果响动大了，先不要进入海峡。”

两小时之后，在直布罗陀：“等一等，到塔里法再穿越，那样更好。”

在丹吉尔：“停留时间别太久，场地土质松软。”

简单明了。就靠这几句指点，赢得了世界。

我发现这些简短的命令，会使得一种战略无比强大。丹吉尔，这座不起眼的小城，是我征服的第一个地方。这也是，要知道，也是我第一次入室抢劫。不错。开头，直冲下去，但是离地面很远。接着，在降落中，草场、花坛、房屋都纷纷绽放。一座被岁月湮没的城市，被我拉出来见了天日，恢复了一派生机。突然间，这一神奇的发现：飞行五百米高，地面上，有个耕种的阿拉伯人，让我给拉过来，培养成跟我一样的人，他实实在在是我的战利品，或者是我的创造物，或者是我的赌注。我抓住了一个人质，非洲就属于我的了。

两分钟后，我站在草地上，我多年轻，就像落到哪颗星球上，哪里便重新有了生命。生活在这新气候里。我身处这样的天地之间，就恍若自己是个阿拉伯青年，而飞行产生这种极大的饥渴，我舒展四肢，迈开大步，活动筋骨，消除驾驭飞机的劳顿，我哈哈大笑，一降落，我又会合了自己的身影。

还有这年春天！你还记得图卢兹凄风苦雨之后的春天吗？万物之间畅流着这般清新的空气。每个女人都怀有一个秘密：一种口音、一种动作、一种沉默。而所有女人都秀色可餐。再者，你了解我，这样匆忙又出发了，去远方寻找我有所预感却又弄不清的东西，因为，我就是那个为打井寻找水源的人，拿着遇到地下水源就会抖动的榛树枝，走遍全世界，坚持找到宝藏为止。

不过，你要告诉我，我在寻找什么，为什么倚在我的窗前，背靠着的这座城市有我的朋友们、我的渴望和我的回忆，我还这样绝望呢？为什么我第一次没有发现水源，就感觉离宝藏特别遥远呢？有人向我做出的这个糊涂许诺，而一个糊涂神也没有秉持，究竟是什么呢？

我找到了泉眼。你还记得吗？正是日奈维埃芙……

读贝尔尼的这句话时，日奈维埃芙，我闭上了眼睛，重又见到您少女时的模样。那时我们十三岁，而您十五岁。在我们的记忆中，您怎么会变老呢，您始终是那个脆弱的女孩。我们听人说起您时，更惊讶地发现，我们在生活中邂逅的，正是那个女孩！

就在别人将一个已婚女子推向祭台的时候，贝尔尼和我在非洲腹地，却跟一个小女孩定了亲。当年您是个十五岁的孩子，最年轻的母亲。在那个年龄，别的女孩还光着腿肚子被树枝擦破皮，您却要求一副真正的摇篮，豪华的玩具。您那些亲人还猜不透这件奇事，而您在生活中做出了女人最普通的举动，对我们而言，你生活在一篇童话中，您是从魔幻之门走进人世——仿佛进入一场化装舞会，一场儿童舞会——装扮成妻子、母亲、仙女……

只因您就是仙女。我还记得，您居住的那幢老房子墙体很厚。

我眼前又浮现您的身影：臂肘支在凿得如枪眼的窗户上，正窥视月亮。月亮升起来了。平野开始有了声响，蝉翼发出吱吱声，青蛙的肚子发出咕噜咕噜声，而从田地归来的牛脖子上铜铃铛铛作响。月亮还往上升。有时，村庄敲响一阵丧钟，给蟋蟀、小麦、蝉送去不可名状的死亡。您探出身子，仅仅为订了婚的人心感不安，因为希望比什么都更容易受到威胁。可是，月亮越升越高。这工夫，林鸮发情呼唤的声音盖过丧钟。野狗围上去，冲月亮狂吠。于是，每棵树、每株草、每根芦苇都活跃起来，而月亮还在上升。

于是，您拉住我们的手，要我们聆听，因为这是大地的声音，大地之声，美妙动听，能安抚人心。

您住在这幢房子里十分安全，周围还有土地这件有生命的长袍护佑。您同椴树、橡树、羊群订了许许多多盟约，因此，我们把您称为它们的公主。到了傍晚，这个世界都归拢好准备过夜了，您脸上的神情也渐渐平静下来。“农夫都把牲口赶回圈了。”您望见远处牲口棚的灯光就全明白了。隐隐一阵声响。“关门上闩了。”无不整整齐齐。最后，七点钟的晚班快车，狂风暴雨般驶过，穿越全省，奔逃而去，终于将如卧铺车窗前一张脸那样的不安、移动和不确定的东西，从您的世界一扫而光。餐室太大，照明不好，晚饭座位上，你又变成夜晚的王后，因为我们形同密探，不断地监视你。四周镶着细木墙板，你坐在老年人中间，默不作声，往前探着身子，仅仅将你的长发送到金黄色灯光下，戴上了光亮的冠冕，你就是王后。在我们的心目中，你是永恒的，同万物紧密相连，稳稳把握住各种事物、你的思想、你的未来。你就是王后。

然而，我们很想知道，有没有可能让你受点痛苦，紧紧搂住你，直到你喘不上来气，因为我们感到，你心上有个人存在，我们渴望把他拉出来亮亮相。一种柔情、一种忧伤，我们渴望引到你的明眸上。贝尔尼将你搂在怀里，你就脸红了。贝尔尼搂得更紧，你的眼睛也随之泪水晶莹，不过，你的嘴唇却没有像老妇人哭泣那样难看。贝尔尼私下对我说，那些眼泪突然从心里漫溢出来，比钻石还要宝贵，谁能吮吸咽下肚，就会永生。他还对我说，你避居在你的身体里，如同这个在水中的仙女，他懂得千百种法术，能把你引到浮面上来，其中最拿手的就是引逗你流泪。我们就是这样窃取了你的爱。可是，一等我们放开了你，你就笑起来，而这笑声让我们满心迷惑。犹如一只鸟，一放松就飞走了。

“日奈维埃芙，给我们念念诗吧。”

你念得很少，而我们认为你已经全会了。我们从未见过你流露出惊讶的神情。

“给我们念念诗吧。”

你念诗，而对我们来说，就是了解世界，了解生活，教我们的不是诗人，而是你的智慧。恋人的忧伤和王后们的哭泣，都变成了平静的大事。在你的声音中，人那么镇定地为爱而死……

“日奈维埃芙，人为爱情而死，是真的吗？”

你中断念诗，神色凝重地思考起来。你一定是从蕨类植物，从蟋蟀，从蜜蜂那里寻求答案，于是，你回答说：“是真的。”因为蜜蜂就是为爱而死去。这是必须的，也是沉静的事。

“日奈维埃芙，一个情人是什么呀？”

我们就是故意让你红红脸。你的脸却没有红。只是稍稍敛容，正面凝望月光颤动的池塘。于是我们想，一个情人，对你就是这月光。

“日奈维埃芙，你有情人吗？”

这回你准得脸红啦！还是没有红。你毫不局促地微微一笑。你摇了摇头。在你的王国里，一个季度催开鲜花，秋天结出果实，一个季度带来爱情。生活很简单。

“日奈维埃芙，你知道将来我们会做什么吗？”我们就是成心让你艳羡不已，以便称你：弱女子。“将来，弱女子，我们会成为征服者。”我们向你解释人生。征服者满载荣誉而归，要找他们所爱的女人当情人。

“到那时，我们就是你的情人了。女奴，给我们念念诗吧……”

可是，你不肯再念了，推开了书本。你突然感到，你的生活确定无疑了，如同一株小树会觉出，自身在阳光下生长发育。这完全是自然而然的事了。我们是寓言中征服者，可是你呢，你依靠你的蕨类植物、你的蜜蜂、你的山羊、你的星星，你倾听你那些青蛙的鸣声，你从这种种上升的生命中汲取了信心：这种生命在夜晚的恬静中弥漫在你周围，从你脚踝到后颈传遍周身，只为这种难以言表而又把握十足的命运。

月亮已经高悬，该睡觉了，你关上窗户，月亮在玻璃窗里面闪闪发光。我们就对你说，你像关窗户一样关上了天空，将月亮和少许星星关在里面，要知道，我们通过各种象征，通过各种陷阱，力图将你从表象下拉到海洋的深底，我们的不安呼唤我们的地方。

*

……我找到了水源。她正是我所需要的，航行回来得以休息。她总在场。其他女人……有些女人，我们说做爱之后，她们就被远远抛上星球，她们除了一种心的构造，就什么也不是了。日奈维埃芙……你记得，我们说她是往下来的。我又找见她了，就如同找到事物的意义，在一个我终于发现其内涵的世界里，我走在她身边。

她从事物一方面来走向他。她充当媒介，上千次离异之后，又为了上千次结合。这些栗树、这条林荫路、这座喷泉，她都一一还给他。每件事物，在她的灵魂寓居的中心，重又负载着这个秘密。这座园子也不再像在一个美国人手中那样，梳理修剪得光秃秃的，恰恰相反，走在小径上还能碰到这种乱象：这些枯叶、情侣散步丢下的这条手帕。于是，这座园子变成一个陷阱。

二

她对贝尔尼，从未提起她丈夫埃尔兰，可是那天晚上，她却说：“晚餐真无聊，雅克，那么多人，你来跟我们一起用餐吧，我就不会那么孤单了。”

埃尔兰爱比比画画，太过分了。在亲朋中间，干吗这样赤裸裸显不自信呢？她不安地注视他。这个人太能装相，幻化出一个人物上前表演。倒不是出于虚荣心，而是自以为是。“太对了，亲爱的，您的看法对极了。”日奈维埃芙扭过头去，觉得恶心：这种圆滑的手势、这种腔调、这种装样子的确信！

“跑堂的，雪茄。”

她从未见过他如此张罗，仿佛醉心于自己的权力。在一家餐馆，坐在吧台的高凳上，就可以指挥世界了。一句话触碰一种意念，就将其掀翻。一句话触及餐馆伙计、主管，就弄得他们团团转。

日奈维埃芙似笑非笑：干吗组织这种政治饭局？这半年来，干吗热衷于政治？这个埃尔兰，只要感到头脑里闪过高见，感到自身产生高妙的姿态，就自认为无比高强。于是，他喜不自胜，便稍稍脱离自雕像，孤芳自赏起来。

日奈维埃芙由他们自娱自乐，转身对贝尔尼说：

“浪子，给我讲讲沙漠吧……您什么时候回到我们身边，就再也不走了呢？”

贝尔尼注视她。

贝尔尼看出，在这陌生女人的背后，有个十五岁的女孩冲她微笑，就像童话故事中的仙女那样。一个女孩藏匿起来，又做出这种举动，自报家门：日奈维埃芙，我记得这种法术，必须一把将您抱住，搂得紧紧的，直到弄疼了您。正是她，又拉到阳光下，就要流泪了。

那些男人，穿着胸甲似的白色衬衣，现在俯向日奈维埃芙，干起引诱女人的行当，好像单凭意念，单凭说得天花乱坠，就能得女人心，好像女人是这种竞技的奖品。她丈夫也献起殷勤，渴望晚上与她交欢。他发现她，是在其他男人渴望得到她之后。也是她穿了晚礼裙，光彩照人，还乐得取悦于人，以这个女人为表象，光艳中还真有几分浪相。她心下暗道：他爱的就是庸俗的一面。为什么从来就没有人囫囵个儿爱她呢？别人爱她本身的一部分，将另一部分弃置于幽暗中。别人爱她就像爱音乐，爱奢侈品，她那么风趣，或者多愁善感，别人就觉得她秀色可餐。然而，她信仰什么，她有什么感受，心中有什么想法，等等，没人当回事儿。她对自己孩子的温情，她那些极合情理的思虑，所有这些弃置于幽暗中的部分，别人都视而不见。

每个男人在她身边，都变得低首下心，什么都感同身受，随着她气愤，随着她感动，为了取悦她似乎在表示：我才是那个您要找的男人。是这么回事儿。对此，他毫不在乎。他在乎的就是跟她睡觉。

她并不总是想着爱情：没有时间啊！

她还记得订婚后的最初日子。她面露笑容：埃尔兰猛然发现他坠入情网，（恐怕他早已忘记了吧？）他要跟她谈话，驯化她，征服她。“嗳！我没有工夫……”她沿小径走在前面，拿着一根木棍，伴随哼歌的节奏扫着小树枝。湿土散发着清香。枝叶雨点般落到脸上。她反复说：“我没有工夫……没工夫啊！”首先得跑到暖房照料她养的花。

“日奈维埃芙，您真是个狠心的女孩！”

“对呀，当然了。您瞧瞧我这些玫瑰花，都沉甸甸的！好看极了，沉甸甸的花朵。”

“日奈维埃芙，让我拥抱您一下吧……”

“当然了。为什么不可以呢？您爱我的玫瑰吗？”

男人无不爱她的玫瑰。

“嗳，不对，不对，我的小雅克，我并不悲伤，”她半个身子探向贝尔尼，“我记得……那时候，我是个怪怪的小姑娘。我依照自己的念头创造出一个上帝。小时候碰到事想不开，我觉得不可挽回，我痛哭一整天。可是，到了夜晚，一吹灭了灯，我就又去见我的朋友。我祷告着对他说，我碰上了麻烦事，又太软弱了，生活毁了无法弥补。但是，我把一切都给您，您比我坚强得多。您好自为之吧。我要睡着了。”

再说，在没有多大把握的事物中，却有那么多非常顺从。她统御着书籍、鲜花、朋友们。她跟这些都订了盟约。她知道什么信号能引起微笑，知道唯一的联络暗号：“哦！是您啊，我的老星相师……”或者，贝尔尼一进来，“坐下吧，浪子……”每人都由一种秘密同她相连，还有这份被人发现、受到牵连的甜蜜。最纯洁的友谊，变得像一桩罪案般丰富多彩。

“日奈维埃芙，”贝尔尼说道，“您一直统御着事物。”

客厅的家具，她稍微挪动一下，这张扶手椅，她往近拉了拉，坐上去的朋友很惊讶，终于觉得这是他在人世间真正的位置。一整天生活下来，曲终人散，摧折的残红，何等寂静的狼藉：友谊蹂躏后在大地留下的一片惨景。日奈维埃芙却不声不响，重建她这王国的和平。贝尔尼感到曾爱过的这个小女俘，心思那么遥远，防守得那么严。

不料，有一天，事物造起反来了。

三

“让我睡觉吧……”

“真不可思议。起来。孩子喘不上气了。”

她被抛出睡眠，跑向婴儿床。孩子睡着，小脸蛋烧得发亮，呼吸短促，但还算平静。日奈维埃芙半睡半醒中，想象拖轮呼哧呼哧急促的喘息。“多么劳苦！”这情况已经持续了三天！什么都不能想了，身子俯向病儿。

“你干吗对我说他喘不上来气，干吗吓唬我？……”

她这一惊，心还在怦怦狂跳。

埃尔兰回答说：

“我就是这么以为的。”

她知道他说谎。他遇事就慌，不能独自承受，就要让人分摊这份惶恐。他心情一不好，看这清平世界也变得受不了。可是，日奈维埃芙一连守护了三个夜晚，她总归需要歇息一小时。已经昏头涨脑，不知道自己处于什么状态了。

她宽宥这类层出不穷的讹诈，因为说说又如何……有什么当紧的吗？说来可笑，睡个觉还这么计较！

“你真不通情理，”她只说了这么一句，随后，为了平抚他的情绪，“你还像个小孩子……”

她话锋一转，直接问女护士时间。

“两点二十分。”

“哦！是吗？”

日奈维埃芙重复道：“两点二十分……”就好像面临一件紧迫的事。其实不然。无事可做，只需等待。正如在旅途上。她轻轻地拍拍床，整理一下药瓶，又动了动窗户。她在创造一种无形而神秘的秩序。

“您应该睡一会儿了。”女护士说道。

随后一片静默。接着，重又产生旅途上的那种紧迫感：看不清的景物飞驰而过。

“这个孩子，看着他一天天活泼，特别疼爱……”埃尔兰理直气壮地说。他渴望赢得日奈维埃芙的同情。这个可怜巴巴的父亲角色。

“别待着，老兄，干点什么事儿！”日奈维埃芙和声细语地劝道，“生意上你有个约会：那就去吧！”

她推推他的肩膀，可是，他还在培育着自己的痛苦。

“有什么办法！在这种时候……”

在这种时候，日奈维埃芙喃喃自语，可是……可是，比任何时候重要！她有一种奇异的感觉，需要归拢东西。这只挪动了的花瓶、搭在家具上的埃尔兰的这件大衣、托架上落的灰尘，这就是……这全是敌人得寸进尺，隐隐预示溃乱的征兆。她要跟这种溃乱抗争。

金光闪闪的摆设、排列整齐的家具，正是一目了然的浮面现实。凡是健康的、整洁而明亮的东西，在日奈维埃芙看来，都自行提防黑暗的死亡。

医生就说过："会好起来的，孩子体质很健壮。"当然了。他睡觉的时候，还握着两个小拳头，紧紧抓住生命不放。这样多美啊。这样多结实啊。

"太太，您就该出去散散步，"女护士说道，"随后我也出去走走。要不然，我们会挺不住的。"

这情景实在怪异，一个孩子闹得两个女人筋疲力尽。是啊，双眼紧闭，呼吸短促，就把她们拖到世界的尽头。

日奈维埃芙出了门，就是要逃避埃尔兰。他对她夸夸其谈："我的最基本的义务……你的傲慢……"她困得不行，这套话她一句也没听懂，不过，有些词从耳畔飘过，如"傲慢"，倒叫她深感诧异。为什么傲慢呢？在这里讲这种话干什么呢？

医生不免惊异，这位少妇不哭天抹泪，不讲一句没用的话，给他打下手赛似规范的女护士。他很赞赏这位娇小的生活的女仆。同样，在日奈维埃芙看来，他来出诊是一天中最好的时光。倒不是安慰她，他什么话都不说。然而，恰恰因为这孩子的身体完全装在他的心里，也因为一切严重的、模糊的、有害的症候都表露出来了。在同黑暗的这场搏斗中，这是多么有力的保护啊！甚至包括前天那场手术……埃尔兰待在客厅里呻吟。她则留在现场。外科大夫身穿白大褂走进房间，如同白昼平静的力量。住院医生和他一起战斗，速战速决。干巴巴的词，指令："麻醉剂"，然后"夹紧"，然后"碘酒”，低声而干脆，丝毫不带感情。如同贝尔尼驾驭他的飞机那样，突然间，她灵光一现：战略对路，胜利在望。

“您怎么能看得下去，”埃尔兰说，“你这个母亲，难道没有心肝吗？”

一天早晨，她当着医生的面，身子从扶手椅缓慢滑下去，人已昏迷了。等她苏醒过来，医生一句鼓励和希望的话都没讲，也丝毫没有向她表示怜悯。他正色看着她，说道：“您劳累过度。这样可不严肃。我命令您，下午要出去。不是去看戏：人的眼界太狭隘，也看不明白，但还是做点类似的事情。”

他不免想道：

“这是我所看到的再真实不过的事情了。”

出乎她的意料，林荫大道很清爽。她边走边回忆自己的童年情景，内心便感到极大的安宁。树木、平野，一些简简单单的事物。很久以后，有一天，这个孩子出世了，这件事不可思议，又再简单不过了。比其他明显的事更加打眼。她将这孩子带到事物的表面，来到其他活物中间。没有什么词语能描述她当时的感受。她觉得自己……不错，正是这个字眼：聪明。她有了自信，同一切都紧密相连，成为一场大型音乐会的组成部分。傍晚，她让人抱到窗前。树木生机勃勃，蹿高了，从泥土中拔出一片春意：她跟树木可以相媲美，她身边的孩子呼吸微弱，而这正是世界的发动机：他微弱的呼吸，却增添世界的生气。

可是，这三天来，简直惊慌失措了。多么细小的举动——开窗，关窗——都会带来严重的后果。真是无所措手足了。动一动小药瓶、床单、孩子，却不知道这举动在幽暗世界会引起什么反响。

日奈维埃芙经过一家古玩店。她想到自家客厅的小摆设，相当于捕捉阳光的陷阱。凡是留住阳光的东西，她都喜欢，一切浮出表面、充满阳光的事物。她驻足赏玩这只水晶瓶中一种无声的微笑，陈年葡萄佳酿中流光溢彩的笑意。她将阳光、健康、生活的坚信，掺进了她疲惫的意识中，而且回到正要逃逝的孩子的房间，渴望这道反光像金钉一样钉住。

四

埃尔兰又发动攻击："你还有闲心出去玩，去逛古玩店！你这么干，我绝不会原谅！这……"他在想词儿："这真是骇人听闻，让人难以置信，不配当母亲！"他下意识地取出一支烟，手上还摇动着红烟盒。日奈维埃芙还听到"要自重"。她心里也在猜测："他会点着他这支烟吗？"

"是的……"埃尔兰缓慢地放话，最后才亮出这张王牌，"是的……母亲出去寻开心，孩子在家吐血呢！"

日奈维埃芙脸色煞白。

她想要离开房间，但是他堵住门口。"别走！"他呼吸急促，好似头野兽。这种惶恐不安，原先他独自扛着，现在要她付出代价！

"你要弄疼我了，事后自责就晚了。"日奈维埃芙只随口说这么一句。

但是，这句话一针见血，戳破这个鼓足气的皮球，指明他遇事的不中用，可这也是决定性的一鞭，彻底激怒了他。他慷慨激昂起来。是的，她轻佻，爱卖弄风情，对他所做的努力始终无动于衷。

是的，他，埃尔兰，把全部精力都放在她身上，却长时间受骗。是的。然而，这一切不算什么：他独自忍受痛苦，人在生活中总是孤独无助……日奈维埃芙忍无可忍，转过身去，他就把她强扭过来，面对面说给她听：

“不过，女人要为自己的过错付出代价。”

她还力图避开，埃尔兰见状，用一句侮辱的话制止：

“孩子一旦死了，这就是上帝的惩罚！”

仿佛杀了一个人之后，他的怒气顿消。这句话一出口，他自己都傻了。日奈维埃芙面失血色，朝门口跨了一步。他猜得出来，她带走他的是一副什么凶相，而他想要唯一塑造的是高尚的形象。他心生渴望，要抹掉这种凶相，做些弥补，强行把一副温和的形象塞进她的头脑里。

他的声音突然嘶哑了：

“对不起……回来吧……我一时昏了头！”

她的手按在插销上，朝他侧过身去。在埃尔兰看来，她就像一只野兽，只要他一动就会逃掉。他一动不动。

“过来……我有话对你说……真是很难……”

她原地不动：她究竟怕什么呢？他恼火，几乎就是因为一种毫无来由的恐惧。他要对她讲他昏了头，冷酷无情，蛮不讲理，唯独她实事求是，但是她首先得靠近，表示信赖，把自己交出去。于是，他在她面前才会放下身段。到那时她会明白……但是，她已经转动门闩了。

他一伸手臂，突然抓住她手腕子。她极度轻蔑地注视他。他还不肯善罢甘休，现在不惜一切代价，也要把她控制住，向她显示自己的力量，对她说："你瞧，我放手了。"

他起初还是轻轻地，随后就狠狠地拉她柔弱的手臂。她举手要扇他耳光，但是被他一把抓住动弹不得。现在，他弄疼了她。他感到自己弄疼了她。他想到孩子们抓住一只野猫，强行要驯服它，为了强行抚摩它，几乎将它掐死。要温和一点儿。他深深吸了一口气："我把她弄疼了，一切全完了。"有几秒钟的工夫，他感到一种疯狂的渴望，连同日奈维埃芙一起，将他自我塑造的，甚至让他本人惊骇的形象消除掉。

他的手指终于松开，有一种无可奈何而又空虚的奇特感觉。日奈维埃芙不紧不慢地脱离，就好像他真的不可怕了，突然有什么东西将她置于安全之地。他不复存在了。她慢慢悠悠的，从容地拢了拢头发，挺直了身子，走了出去。

晚上，贝尔尼来看她时，她对贝尔尼只字未提。这种事情，不便告诉别人。不过，她要他讲讲，他们共度童年的往事，他本人在远方的生活。她提这种要求，就是有意将一个需要安慰的小女孩托付给他，用童年的图景安慰他们。

她那额头偎在他肩上，贝尔尼则认为，日奈维埃芙整个人，从他这里找到了避风港。自不待言，她也相信是这样。自不待言，他们并不知道，在亲热的表示中，自身并不冒什么风险。

五

“这么晚了，您到我这儿来，日奈维埃芙……您的脸色这么苍白……”

日奈维埃芙沉默无语。挂钟的滴答声响，令人难以忍受。灯光已经掺进了曙光，如难喝的饮料，更刺激情绪。这扇窗户看着都恶心。日奈维埃芙提了提精神！

“我看见灯还亮着，就来了……”她就再找不出别的话说了。

“对，日奈维埃芙，我……我在看书，您瞧……”

排列的简装书组成黄、白、红等色块。“一片片花瓣。”日奈维埃芙心想。贝尔尼等待。日奈维埃芙依然不动弹。

“我坐在这扶手椅上，就是遐想来着，翻开一本书，再翻开另一本，全有印象，都看过了。”

他装出这副老粗，以便掩饰心内的兴奋，声音也十分平静地问道：

“您有话要对我讲吧，日奈维埃芙？……”

其实，他内心深处却在想：“这是爱情的一种奇迹。”

日奈维埃芙还在同唯一的念头较劲：他不知道……于是惊讶地看

着他。她高声补充道：

“我来这儿是……”

她抬手捂住额头。

窗户泛白了，透进房间一种鱼缸般的光亮。“灯光暗淡了。”日奈维埃芙心中暗道。

继而，突然哀伤地说道：

“雅克，雅克，带我走吧！”

贝尔尼面失血色，一把将她抱在怀里，轻轻地摇晃。

日奈维埃芙闭上眼睛：

“您走就带上我……”

时光从这肩上流逝，没有造成伤害。一切都放弃，几乎成了一种乐事：顺其自然，顺水漂流，他就觉得自己的生命在流淌……流淌。她的梦呓：“没有给我造成伤害。”

贝尔尼抚摩她的脸，她却忆起了什么事：“五年，五年……总归可以啦！”她还想道：“我为他付出那么多……”

“雅克！……雅克……我儿子死了……”

“您瞧，我逃离了家庭，我实在需要安宁了。我还是不理解：我还没有难过。我是个没心肝的女人吗？其他人都哭了，还想要安慰我。他们那么善良，连自己都受了感动。可是，你瞧……我连记忆还都没有。

“对你，我什么都可以讲出来。死亡降临，一片大混乱：针头、纱布、电报。一连几夜没睡觉，人就跟做梦一般。在诊治的时候，脑袋空空的，靠在墙上。

“还有，同我丈夫争执，多可怕的噩梦！今天，稍前一点儿……他抓住我的手腕子，我以为他要给扭断了。闹到这个地步，就因为被刺痛了。不过，我心里清楚，还不是时候。随后，他想要我原谅，但是，这不重要了，我回答：‘好吧……好吧……让我去找我儿子。’他堵住房门：‘原谅我……我需要你的原谅！’真是随心所欲。‘嗳，让我过去。我原谅你了。’他却说：‘嘴上说说，不是心里话。’纠缠个没完，把我给逼疯了。

“当然了，事情完结的时候，也没有痛不欲生。这么平静，这么沉默，几乎有点奇怪。当时我想……我想……孩子安息了。不过如此。还有一种感觉：乘船行驶很远，天蒙蒙亮时下了船，不知到了什么地方，也不知道该干什么了。我想：‘到达了。’我瞧瞧那些针管、那些药品，心中说道：‘这些都没有意义了……已经到达了。’随即我就昏迷过去。”

她突然惊讶起来：

“我真是疯了，跑这儿来了。”

她感到黎明冲淡了那边的一场大灾难。床铺冰凉而凌乱。毛巾乱丢在家具上，一张椅子掀翻在地。她必须赶紧抗击事物的这种大溃乱。必须赶紧把这张椅子搬回原位，这只花瓶、这本书放回原地。她必须……耗尽气力，恢复生活周围事物的常态，尽管已是徒劳的了。

六

吊唁的人来了。说话都那么装腔作势。他们搅动起她心中可怜的回忆。随后又极不得体地失语，让她独自抚平伤痛……她始终挺直了腰板。她坚定不移地讲出别人轮番说的那些话，讲出“死亡”这个词。她不愿意别人拿话试探，再窥视在她心中引起的反响。她定睛直视，逼使别人不敢看她，可是，一等她垂下目光……

而其他人……他们从容平静，一直走到前厅，可是，从前厅到客厅。匆急地走了几步，便同她拥抱在一起，身子仿佛失去平衡。一句话也不讲。她不会对他们说一句话。他们却把她的悲痛压下去：他们将一个全身抽搐的女孩紧紧抱在胸前。

现在，她丈夫说要卖房子了。他说道：“这些伤心的回忆，会让我们生活在痛苦中。”他说谎，痛苦差不多成了朋友。可是，他总爱折腾，就喜欢大举动。当天晚上，他就要动身去布鲁塞尔。稍后她再去会合：“要知道，家里乱成了什么样子……”

她的过去整个乱套了。这间客厅，是她长期耐心布置好的。这些家具，不是家里主人，也不是供货商，而是时间摆放在那里的。装点客厅的不是这些家具，而是她的生命。这把扶手椅从壁炉远远挪开，这张涡形脚桌也远离了墙壁，一切便从过去跌落，第一次显露出一张赤裸的面孔。

“怎么，您也又要走了吗？”她那动作好不绝望。

成千上万的盟约解除了。难道一个孩子同世界有千丝万缕的联系，这个世界是围绕他排列的吗？怎么，一个孩子死了，就是日奈维埃芙的惨败吗？她就走一步看一步了：

“我真难受……”

贝尔尼柔声对她说：“我带您走就是了。我要把您劫走。您还记得吧？我对您说过，总有一天我会回来。我对您说过……”贝尔尼紧紧搂着她，而日奈维埃芙则微微仰头，眼里泪光晶莹：此刻，贝尔尼怀里搂着的女俘，纯粹就是这个眼泪汪汪的小女孩了。

米比角，日期……

贝尔尼，老伙计，今天是邮航班机飞来的日子。飞机已经离开了锡兹内罗斯，很快就要经过这里，会给你捎去这几点责备。关于你的几封信和我们俘获的公主，我想了很多。昨天漫步在海滩上，那荒滩空荡荡的，光秃秃的，永世受海浪冲刷，于是我想到，我们就类似这片海滩。我也说不准我们是否存在。有些暮晚，落日的凄凉时分，你也看到过，在映着余晖的海滩中，整座西班牙要塞隐没了。但是，这样一种神秘蓝色的反光，跟要塞不是同一种沙粒。那是你的王国。不大真实，也不大可靠……至于日奈维埃芙，就由她怎么生活吧。

是的，我知道，如今她正陷入慌乱状态。然而生活中，鲜有戏剧性故事发生。要清理的友情、温情、爱情也少之又少。不管你对埃尔兰评价如何，一个男人占不了多大比重。我相信……生活依赖别的东西。

那些习惯、那些约定俗成、那些法则，一切你并不感到必不可少的东西、一切你逃脱的东西……正是这些会给她一个生活环境。要想生存，周围必须有长久的现实相伴。管它荒诞不荒诞，公正不公正，这些不过是一种说法。而日奈维埃芙，一旦被你带走，就徒有虚名，不复为日奈维埃芙了。

再者说，她需要什么，自己清楚吗？对好运依赖的习惯本身，她并不知晓。金钱，可以获取福利，外在生活的刺激——而她的生活是内在的——然而好运，就是能让事物持久的东西。这是看不见的地下河流，一百年来，维系着一座住宅的四壁，维系着人的记忆，即灵魂。你要将她的生活清除一空，无疑就像从一套公寓搬走上千件物品：那些物品不见了，但仍然是这个住宅的架构。

当然，我能想象得出，爱情在你看来就是诞生。你会以为带走的是一个新生的日奈维埃芙。对你而言，爱情就是你有时在日奈维埃芙眼中看到的颜色，像一盏灯那样容易点燃。不错，在特定的时刻，最简单的话语，似乎也具备这种力量，极易哺育爱情……

生活，无疑是另一码事儿。

七

日奈维埃芙不免有些拘谨，轻轻地抚摩这窗帘、这把扶手椅，就好像刚刚发现了界碑石。直到此刻，手指的这种触摸不过是一种游戏。直到此刻，这仿佛是舞台的布景，按时随意出现和消失。她有笃定的品位，绝不会揣摩这块波斯地毯、茹伊的这幅油画究竟是什么。直到今日，这些物品构成一间室内的图景——而且十分温馨——现在她与之相遇了。

“这无关紧要。”日奈维埃芙心中暗道，“我还是个外来人，进入并不属于我的生活环境。”她仰坐到一张扶手椅上，合上了眼睛。这样，就产生身在特别快车车厢里的感觉。每一秒钟，房舍、树林、村庄都抛向身后。然而，从卧铺上睁开眼睛，就只看见一只铜环，总是同一只铜环。人在不知不觉当中就变了。“一周之后，我再睁开眼睛，就焕然一个新人：他带我走了。”

“您觉得我们的住房怎么样？”

为什么把她叫醒了呢？她张望一下，还不知道如何表达自己的感受：屋里布置缺乏持久性，整个构架也不牢固……

“到近前来，雅克，你才是真实的存在……”

单人公寓的沙发、帷幔光线幽暗。摩洛哥的装饰壁布。所有这些东西，五分钟就能挂上，取下来。

“您为什么遮挡墙壁，雅克，您为什么隔开，手指不能接触墙体呢？”

她喜欢用手掌抚摩石头，抚摩房中最实在又最长久的部位。像只航船那样能长久承载你的东西。

他亮出他的宝物：“一些纪念品……”她一看就明白。她认识一些从殖民地回来的军官，在巴黎过着幽灵般的生活。他们又在林荫大道上相遇了，吃惊彼此都还活着。走进他们的家，好歹还能认出在西贡，在马拉喀什[①]的那个房屋。大家在这里谈女人，谈战友，谈晋升，然而这些帷幔，在海外甚至就是墙壁的血肉，挂在这里就成了死物。

她用手指触摸着薄片的铜器。

“这些小玩意儿，您不喜欢吗？”

“对不起，雅克……这真有点儿……”

她没敢说出“俗气”。不过，她的品位如此确当，来自她只认，只喜爱塞尚[②]的真品，而不是赝品，只喜欢地道的家具，而不是仿制品，因而潜意识中就看不上这类小玩意儿。她出自极度慷慨之心，

---

① 马拉喀什：摩洛哥中部的城市。
② 保罗·塞尚（1839—1906），法国印象派独树一帜的画家，被誉为“现代艺术之父”。他的绘画力求表现坚实感和深度感，画面给人以平稳和沉静的感觉。

准备牺牲一切，哪怕生活在粉刷白灰的斗室里，似乎也忍受得了，可是现在她却感到，自身的一部分受到了损害。倒不是富家子弟的那种娇贵，而是自身的爽直，多怪的念头。贝尔尼看出她的尴尬，却未能理解她的心思。

“日奈维埃芙，我没有能力给您准备非常舒适的条件，我不是……”

“嗳！雅克！您胡说，想到哪儿去啦！我并不在乎，”她紧紧偎依在他怀里，“只不过，比起你这地毯，我更喜欢普通的、打光蜡的地板……这些，我来给您安排吧……”

她没有说下去，已经意识到她渴望光秃秃的地板，其实要奢侈得多，需求的物品远远超过这种大面上的遮饰。她童年时玩耍的那间大厅、那种亮晶晶的胡桃木地板、那些历经几个世纪也不会过时和陈旧的实木桌子……

她感到一阵莫名的伤怀。倒不是为失去富裕生活，为她同意的事情而遗憾：她对多余的事物的了解，当然还不如雅克，但是她恰恰明白，自己在新生活中，丰富起来的正是多余的东西。她并不需要。她对持久性的这种坚信，就再也谈不上了。她想道：物品要比我持久，但是，人家接纳了我，陪伴我，还保证日后照顾我，因此，现在我比物品更加持久了。

她还想道：我回乡下的时候……透过浓密的椴木丛，那座房子重又浮现在眼前。那是浮到表面的最稳固的东西：宽大的石阶一直延伸到地里。

在那里……她想到冬季。冬天扫掉叶子，光秃秃的树林间，展现房舍的每个棱角，世界的架构也一览无余了。

日奈维埃芙一路走，吹口哨呼唤她的狗，每一步都踏得枯叶咯吱脆响。然而她知道，经过冬季的这种筛选，这种大清理之后，春天又将弥漫天地，爬上树枝，催放花蕾，重新搭建这些绿色的拱廊，形成的绿荫有水深和流动感。

在那里，她儿子的身影并未完全消失。有时，她走进食物储藏室，翻动五成熟的木瓜，儿子似乎刚刚逃离：噢！我的小宝贝，你这么疯跑，也该老老实实睡一觉了吧？

她在那里，了解死者的迹象，并不害怕。每人的沉默都汇入房子的寂静中。眼睛从书本抬起来，屏住呼吸，叹赏着那声余音止息的召唤。

消逝的人？在行踪不定的人中间，唯独他们持久存在：他们的遗容无比真实，再有什么事也永远抹杀不掉了！

“现在，我要跟随这个男人走了，要忍受其苦，怀疑其言行。”须知人性如此，温情和排斥交织混杂，成分已定，理不顺也解不开。

她睁开眼睛，贝尔尼陷入深思。

“雅克，一定得保护我，我要净身出户，一文不名了！”

假如贝尔尼不那么能干，那她就得艰难度日，住在达喀尔这间屋里，混迹到布宜诺斯艾利斯的人群中，而在那个世界里，只有毫无必要的凑合，生活的情景也并不比书中的描述真实多少……

这时，他俯身向她，柔声细语地说话。她愿意极力相信他亮出的这种形象、他表达的这种圣洁的情感。她还确实喜爱这副爱情的形象：她也只有这副微弱的形象借以保护她了。

今天夜晚，她将在欢情中，找到这副单弱的肩膀这个脆弱的庇护所，把脸埋在里面，犹如一只等死的牲口。

八

“您这是拉我去哪儿呀？为什么带我到这儿来？”

“这家旅馆您不喜欢，日奈维埃芙？那我们离开，再去找找？”

“好吧，再去找找……”她胆怯地回答。

车灯照不清路面。他们艰难前行，在黑夜里仿佛陷入黑洞中。贝尔尼时而往身边瞥一眼，日奈维埃芙脸色苍白：

“您冷了吧？”

“有点冷，没什么。我忘记带毛皮大衣了。”

她是个粗心大意的小女孩，她不禁微笑了。

现在，又下起雨来。“这个鬼天气！”贝尔尼心中骂了一句，不过，转念又一想，快到了人间天堂。

行驶到桑斯[1]附近，发动机火花塞出故障，不得不更换。可是，他忘了带照明灯：又是一个疏忽。他用一把滑牙扳手，冒雨摸索着修理。“就应该乘火车了。”他不厌其烦地在心中嘀咕。他驾车的兴致

① 桑斯：法国中北部小镇。

更高，就是要给人一个自由的形象：好快活的自由！而且，从这次私奔一开始，他就不断地干蠢事：这样丢三落四！

“您能修好吗？”

日奈维埃芙来到他身边。她忽然感到自身成了囚徒：一棵树、两棵树，好似哨兵，更有那个碍眼的养路工人的小棚屋。上帝啊！多怪的念头！……难道她要在这里生活一辈子吗？

修好了，贝尔尼抓住她的手：

“您发烧啦！”

她微微一笑……

“是啊……我有点累，就想睡觉。”

“那您为什么下车，淋在雨里呀！”

发动机运转总不正常，夹杂着突然暂时停顿和咔嗒咔嗒的声响。

“我们到得了吗，我的小雅克？”她半睡半醒，浑身发起烧，“我们到得了吗？”

“当然了，心爱的，桑斯马上就到了。”

日奈维埃芙叹了口气。她试图做什么已经力不从心。这一切全怪这个气喘吁吁的发动机。每棵树都费了牛劲拉近，每棵树，一棵接着一棵。总这样周而复始。

“这怎么能行，”贝尔尼心想，“还得抛锚。”他一面对这次故障就慌了神。他怕的就是景物静止不动了。她萌生的一些初念就会释放出来。他惧怕某种正在显露的力量。

“我的小日奈维埃芙，不要想这个夜晚了。想想很快就……想想……西班牙。您喜爱西班牙吧？”

一个细微的声音，远远传来回答他："是的，雅克，我很幸福，但是……我有点害怕强盗。"他看见她微微笑了。这句话让贝尔尼心里难受。这句话本来没有什么意思，无非表露出：这趟西班牙之行，这个童话故事……没有信念。一支没有信念的军队，一支没有信念的军队不可能赢得胜利。"日奈维埃芙，是这个夜晚，是这场雨摧毁了我们的信心……"他猛然意识到，这个夜晚类似一种慢性病。这种病症的苦味，就在他的口中了。这样一个夜晚，没有黎明的盼头。他还抗争，在心里铿锵地说："只要天不下雨，黎明就能痊愈……只要……"有什么毛病出在他们自身，可他没有认识到，还以为土地腐烂了，黑夜生病了。他盼望黎明，好似那些死囚说："等到天亮，我要出去呼吸新鲜空气。"或者："等春天来了，我就会年轻了……"

"日奈维埃芙，想一想我们那边的家……"他随即意识到，他永远不该说出这样的话。在日奈维埃芙的心目中，什么都不可能建立起家的形象。"是啊，我们的家……"她在试声说这个词。她的热忱滑落了，她的风趣也逃逸了。

日奈维埃芙搅动着自己都不清楚的许多想法，就要化作言词，许多想法令她畏惧。

贝尔尼不熟悉桑斯的旅馆，就在一盏路灯下停车，查看旅行指南。一盏快要燃尽的煤油路灯下，晃动着几个身影，也显现了灰白墙上的一块招牌，褪色的招牌字迹："Vélos①……"他觉得从未见过如此蹩脚、如此庸俗的词。象征一种平庸的生活。现在他看清了，他在那边的生活中，俗事物很多，但是他并没觉察出来。

① 意为"自行车"。

“借个火，城里客……”三个骨瘦如柴的男孩注视他，都嬉皮笑脸。“这些美国人，不认路……”接着，他们又打量日奈维埃芙。

“都给我滚远点儿。”贝尔尼吼了一声。

“是你的妞儿，还有模有样。可是，你瞧瞧我们二十九号那位！……”

日奈维埃芙有点惊慌失措，身子靠向贝尔尼。

“他们说什么？求求您了。我们快走吧。”

“可是，日奈维埃芙……”

他忍住了，把话咽下去。一定得给她找家旅馆……这些喝醉了的小青年……理他们干什么。他随即想到她发了烧，浑身难受，本应该避免让她碰到这种事。他病态似的一味自责，不该让她搅进这类丑事中。他……

环球旅馆关了门。所有这些小旅店，夜晚看上去，全像缝纫店。敲了许久店门，直到响起拖沓的脚步声。守夜人将门打开一条缝儿：

“客满。”

“求您帮帮忙，我妻子病了。”贝尔尼不肯罢休。店门重又关上，脚步声消隐在走廊里。

全都串通一气，处处碰钉子。

“他怎么说，”日奈维埃芙问道，“为什么，为什么他连一句话都不肯回答？”

贝尔尼真想让她好好瞧瞧，这里不是巴黎的旺多姆广场，开小旅馆的人一旦吃饱了晚饭，就躺下睡觉了。这再正常不过了。他一声不吭，又坐下来，脸颊闪着冷汗的光亮。他不启动车子，只是直愣愣地盯着反光的铺石路面，头发上的雨水顺脖颈流下来，他似乎感到，必须摇撼整个大地，才能打破这种惰性。那个愚蠢的念头又浮上脑海：一等到黎明……

在这种时刻，确确实实要讲句体贴的话。日奈维埃芙就试图劝道：

“亲爱的，这一切都算不了什么。我们为了幸福，就必须这样辛劳。”

贝尔尼定睛凝视她：“是啊，您真的非常宽容。”他心受感动，特别渴望拥抱她。怎奈这雨水、这窘境、这劳顿……不过，他还是握住她的手，感到她烧得越发厉害了。每一秒钟都在侵蚀这个肉体。他想象各种情景，好让自己的情绪平静下来。“我要让人给兑一杯滚烫的格罗格酒[①]。不会有什么事的。一杯滚烫的格罗格酒。我再用被子把她裹起来。到那时，谈起这次艰难的行程，我们就会相视大笑了。”他隐约产生一种幸福感。然而，眼下的境况同他想象的情景大相径庭。另外两家旅店也都装聋作哑。想象的情景，每次都得重过一遍，而每过一遍，就丧失一点真切感，所包含的具象的能力也越发微弱了。

日奈维埃芙沉默无语了。贝尔尼觉得出来，她不会抱怨了，再也不会说什么了。他就是开车一连行驶几小时，一连行驶几天，她也不会发一句牢骚，永远也不会了。哪怕我扭她的胳臂，她也不会讲任何话。“我在胡说八道，我在胡思乱想！”

“日奈维埃芙，我的小乖乖，您还难受吗？”

“不难受了，过去了，现在感觉好多了。”

---

① 格罗格酒：英国的一种兑水的烈酒，用朗姆酒或威士忌兑水制成。

这一阵子，许多事情，她渴望而不可得，都放弃了。为了谁呢？为了他。都是他不能给予她的。这句“感觉好多了”……就是绷断的弹簧。更加顺从了。这样下去，她的感觉会越来越好。她干脆就放弃了幸福。等到她完全好了……“好嘛！我也太犯傻了：我还做什么美梦。”

英格兰希望旅馆，商务旅客特价。“您靠着我的胳臂，日奈维埃芙——当然了，一间客房。太太病了。快点儿，一杯格罗格酒！格罗格酒，要滚烫的。”商务旅客特价，这句话为什么这么别扭呢？“在这张扶手椅上坐下，这样会好些。”格罗格酒，怎么还不送来呢？商务旅客特价。

上了年纪的女佣非常殷勤。“这就来了，我的年轻太太，可怜的太太。她浑身直发抖，脸色这么苍白。我去给她烧壶开水。十四号客房，一间漂亮的大屋……先生能不能登记一下？”

贝尔尼手指握住一支肮脏的蘸水笔，这才注意到他们姓氏不同。于是，他想说服日奈维埃芙同意是主仆关系。“全怪我，没有品位。”还是她帮他解了围。她说道：

“就填情人，这不是很有情味吗？”

他们想到了巴黎，想到了绯闻。他们也看到各种面孔都活跃起来。对他们而言，某种困难的事才刚刚开始，但是他们彼此绝口不提，唯恐想到一处去了。

不过，贝尔尼也明白，直到眼下，还什么也没有发生，没出任何事，只是发动机不大给力，天下了几滴雨，找旅馆耽误了十分钟。他们耗尽精力似乎才克服的困难，其实来自他们自身。日奈维埃芙就跟自己较劲。要从她自身挣脱的东西根深蒂固，不待撇清心力就已经交瘁了。

贝尔尼拉起她的双手，但他还是明白，说什么话也无济于事。

她睡着了。他也不想求欢。但是，他满脑子怪异的梦幻。一些模糊的回忆。油灯的火苗，必须赶快添油，同时还得注意，不让大风吹灭了灯火。

再者，尤其那种无所谓的态度。他倒希望她渴求财富，即因物痛苦，被物所打动，吃东西时像孩子一样欢叫。他尽管贫穷，还是能给予她很多。然而，这个女孩根本就不饿，他可怜巴巴，要跪下求她吃东西。

九

“不，没什么……别管我……哦！已经？”

贝尔尼起来了。他在睡梦中的举动，就像纤夫那样沉重，也像一名传教士的举动，极力将您从内心深处拉到阳光下。如同一个舞者的舞步，他每一步都饱含意义。“唔！心爱的……”

他来回踱步：实在可笑。

这扇窗户让曙光涂脏了。这个夜晚，幽蓝幽蓝。灯光下的夜色，如蓝宝石一般深邃。这个夜晚，幽深得径直透出星光。人进入梦幻，进入想象的空间。就像伫立在船头观望。

她收回双膝，抱在胸前，身子如没有烤好的面包，整个儿软绵绵。心跳也过速，觉得难受。在车厢里的一种感觉。列车飞驰，轮轴声响打着节拍，声声如心脏的跳动。额头顶着车窗，景物从眼前流过：流逝的景物终于化作一团团黑影，由天际接收，逐渐笼罩在宁静之中，宛若死亡一般平和了。

她很想冲这个男人呼喊：“拉住我！”爱情的双臂能容纳您的现

在、您的过去、您的未来，爱情的双臂能把您收拢在一起。

“不。别管我。”

她起身下床。

十

“这个决定，”贝尔尼心想，“这个决定，是抛开我们做出来的。彼此没有交谈，一切就定下来了。”这次回返，仿佛是事先就商定了。病成这样，谈不上继续行程了。以后再说吧。离家时间这么短，埃尔兰又出了远门，这件事会妥善处理好。贝尔尼不免惊诧，一切都显得如此轻而易举。可他心里明镜似的，其实并非如此。倒是他们可能不肯出力了。

再说，他也怀疑起自己来了。他完全清楚，他还抱着一些想象的情景不放。然而，这些想象的东西，来自何等深度呢？今天凌晨醒来，对着低矮灰暗的天花板，他立时就想道：

“她的家就是一条船，运载着一代又一代人，从此岸渡到彼岸。无论在这里谈还是别处谈，旅行都没有意义，但是，有了船票、舱位和黄皮旅行箱，人能从中得到多大安全感。一旦上了船……”

自己会不会痛苦，还不得而知，只因他沿着一道斜坡下去，还未抓住迎面而来的未来。人一旦顺其自然，就不会徒生烦恼了。同样，人一旦耽于悲伤，也就不再痛苦了。或许将来，回首前尘往事时，还会隐隐作痛。他就这样弄明白了，扮演后半部分的角色，他们会游刃有余，因为他们内心某处已有预判。他一边在心里这样盘算，一边调试运转还不大好的发动机。终究能够抵达，顺坡而下。头脑里一直萦绕着这个斜坡的景象。

快要行驶到枫丹白露了，日奈维埃芙感到口渴。一路每处景致，都是旧相识。他从容地停好车。他那样子让人安心。这是一个应需的环境，得以浮上白昼。

坐到这家小餐馆，侍应给他们端上来牛奶。何必匆匆忙忙呢？她小口小口抿着牛奶。何必匆匆忙忙呢？该发生的事必然在他们身上发生：总离不开这个必然的意象。

她相当温柔，在许多事情上都感激贝尔尼。比起昨天来，二人的关系自由多了。她微笑着，指着在门前啄食的一只小鸟。她这副面孔，在他看来焕然一新，他在哪儿见过呢？

在旅游者身上见过。那些要去旅游的人，再过几秒钟，就将脱离你们这样的生活了。在站台上。一张张脸已经可以微笑了，向往着那未知的激情的游历。

他又抬起眼睛。她侧着面，正低头遐想。她再稍稍扭过头去，他就瞧不见这张面孔了。

想必她还一直爱他，但是，他不好过分追问一个柔弱的小女孩，他当然也不能说："我还给您自由。"同样不能讲类似荒唐的话，只能谈谈自己打算做什么，自己的前景。在他自己经营的生活中，她不是个囚徒。她将小手搭到他的胳臂上，要向他表示感谢："您就是一切……我的全部爱。"这是真心话，不过，他从这话里也能听出来，他们二人不是天作之合。

固执和温柔集于一身。近乎冷酷、残忍、不公正，但她却一无所知。动辄不惜一切代价，要保护某种并不重要的利益。文静而温柔。

她和埃尔兰同样不是天生的一对。贝尔尼清楚这一点。她说还要接着过她的生活，这话一向只能伤他的心。她究竟为什么来到世上？她好像并不觉得痛苦。

二人又上路了。贝尔尼的头略偏向左侧。他心下十分清楚，自己也不觉得痛苦，但是，恐怕他身上的某种兽性受了伤害，流下的眼泪无法解释。

到了巴黎，没有任何反响：他们并没有搅乱了什么。

十一

何必呢？这座城市，在他周围徒然地一片忙乱。他心里完全明白，他再也不能从这种混乱中获取什么了。他逆着陌生的人群，缓步而行，心中暗道："就好像我不是这里的人。"不久他就要离开了：这样也好。他知道因工作关系，他同四面八方都有联系，而那些联系非常具体，能让他恢复一种现实感。他也明白，在日常生活中，每一小步都关系重大，而精神危机也就丧失一点意义了。中途站上的说笑逗趣，甚至还回味无穷。说来奇怪，但也确实如此，然而，他对自己并不感兴趣。

他从巴黎圣母院旁边经过，便走了进去，不免惊讶，里面竟如此拥挤，只好躲到一根大柱子后面。他为什么来到教堂呢？他扪心自问。不管怎样，他来到这里，因为在这里待上一阵子，总能引向某种事情，而在外面，时间再也不能引向什么了。正是如此："在外面，时间再也不能引向什么了。"他也感到需要重新认识自己，并且寄托于信仰，将信仰随便当作一种思想体系。他心中暗道："如若找到一种模式，既能表述我，又能总括我的方方面面，那么对我来说，倒是真的了。”接着，他又沮丧地补上一句：“可是，我也不会相信。”

猛然间，他又觉得是在海上旅行，他耗尽一生企图逃脱。布道开始，这令他不安，仿佛是一次出发的信号。

“天国，”神甫开始布道，“天国……”

他双手撑在讲道台的宽沿上，俯身对着信众。聚拢的人群要吸纳一切。精神食粮。有些形象涌入脑海，具有极其明白无误的特征。他想到被捕获装进鱼篓的鱼，随即又毫无联系地补充道：

“当伽利略的渔夫……”

现在，他只使用引导一长串回忆再现而能持续的词语。他似乎向信众缓慢地施加压力，逐渐延长他的冲劲，如同长跑赛手的步伐。“你们若是知道……你们若是知道有多少爱……”他停下来，有点气喘：他的情感过于丰满，反而难以表达了。他明白最简单的词，最常见的词，在他看来都承载太多的含义，再也分辨不出当下最恰当的词语了。在烛光中，他那张脸看似蜡像。他挺起身子，双手撑住，高抬额头，人笔直而立。他这样伸直放松的时候，下面的听众也略微活动，如起伏的海面。

继而，词语又纷至沓来，他又开口说话了。他讲话，那种确信口气令人惊讶。他那种活泛的劲头，正如感到自身力量的装卸工。他讲完一句话时，意念就会在他身外形成，投奔他来，好似传给他的一副重担，而他事先就感到心中隐约升起的形象，在形象中再放入那个模式，从而传给信众。

现在，贝尔尼在倾听布道。

“我是一切生命之源。我是潮水，涌进你们心中，激励你们，然后再退去。我是恶，闯入你们心中，撕裂你们的心。然后再离开。我是爱，进占你们心中，就永驻永继了。

“你们前来，会用马吉安[①]，用第四部《福音书》反对我。你们前来，会对我大谈篡改的教义。你们前来，会拿你们人类可怜的逻辑来反对我，而我却是逻辑之外的人，我正是要把你们从逻辑中解救出来！

“囚徒啊，你们要理解我！我来帮你们摆脱你们的科学、你们的方法、你们的法律，摆脱这种精神的奴役、这种宿命更严酷的决定论。我是盔甲上的缺陷。我是牢房的天窗。我是计算中的错误。我是生命。

“你们用积分法算出星球的运行，实验室的一代啊，你们却不了解星球。星球成为你们书中的一个符号，不再是光明了：你们的知识还不如一个小孩子。你们有许多发现，甚至发现了掌控人类爱情的规律，然而，这种爱情本身却逃脱你们的符号：你们对爱的了解，还不如一个少女！好吧，还是到我这儿来吧。光明的这种温馨、爱情的这种光明，我都全部还给你们。我不会奴役你们，而是拯救你们。首先计算一颗苹果坠落的那个人，把你们关进了这场奴役中，我来解放你们。我所在的地方，是你们唯一的出路，出了我这里，你们会落到什么地步呢？

---

① 马吉安（约110？—约160），基督教异端神学家，约140年到罗马，宣传他的教义，史称马吉安主义。

“出了我这里，离开这条船，你们会落到什么地步！要知道，在我这条船上，时间的流逝充满了意义，犹如海水冲击发亮的艏柱的流淌。海水的流淌无声无息，却负载着岛屿。海水的流淌。

“到我这里来吧，行动毫无结果，对你们只有苦涩。

“到我这里来吧，思想只能引向法律，对你们也只有苦涩……”

他张开了双臂：

“因为，我是接纳者。我承载了人世的罪孽。我承受着人世的苦难。我承受着你们这些丧失幼崽的野兽的悲痛、你们的不治之症，你们从而就得到了宽慰。然而今天，我的子民，你们的苦难更加深重，更难补赎，不过，我还将一力承担，如同其他苦难。我还要戴上精神的更加沉重的锁链。

“我是肩负人世所有重担的人。”

在贝尔尼看来，这个人已经绝望，因为他叫喊不是为了获得一种“天意”。因为他就没有呼吁“天意”。因为他是自问自答。

“你们将是一群玩耍的孩子。

“你们终日劳而无功，白白耗尽精力，到我这里来吧，我会赋予你们的努力一种意义，你们将努力在你们心中构建，我将使之成为一项人的事业。”

话音落入人群，贝尔尼听不见了。只觉得话语传递什么东西，犹如返回来的一种动机。

“我将使之成为一项人的事业。”

他显露不安的神色。

“如今的情侣们，到我这里来吧，我将把你们枯索的、残忍而绝望的爱情，变成一项人的事业。

“到我这里来吧，我要将你们肉欲的匆忙、回归的悲伤，变成一项人的事业……”

贝尔尼感到越发苦恼了。

“……因为，我就是那个对人大加赞赏者……”

贝尔尼的思想濒临崩溃了。

“我是唯一能使人回归本真的人。”

神甫住了口。他疲惫不堪，转向祭台。他崇拜他刚刚树立起来的这个上帝。他觉得自身卑微，就好像奉献了一切，连肉体的疲惫也算一份献礼。他不知不觉，就以基督自居了。他转向祭台，又接着说，语调缓慢得令人恐惧。

“圣父，我相信了他们，因此，我献出了自己的生命……”

最后一次俯身对着听众：

“因为，我爱他们……”随后他浑身颤抖起来。

贝尔尼一时觉得静得出奇。

“以圣父的名义……”

贝尔尼心想：“多么绝望！信德在哪儿呢？我就没有听见信德，只听到完全绝望的叫喊。”

贝尔尼走出教堂。孤光灯即将点亮了。他沿着塞纳河河岸走去。树木都纹丝不动，纷乱的枝叶仿佛粘贴在暮色中。贝尔尼信步走着。白昼既尽，他的心绪也宁静下来，让人以为是问题得到解决的缘故。

然而，这个暮晚……背景未免过分戏剧化了，已经用于帝国的覆灭、大溃败的夜晚，也曾用于脆弱爱情的完结，明天还将用于其他戏剧的演出。如果夜晚很平静，如果生活节奏迟缓，那么，这道背景就会令人不安，因为弄不清要上演什么戏了。啊！总得有什么东西，能把他从如此寻常的不安中解救出来……

孤光灯同时都点亮了。

十二

出租车。公共汽车。熙来攘往不可名状的乱腾，贝尔尼迷失其间，不是适得其所吗？一个迟钝的笨家伙呆立在柏油路上。“喂，闪开！”一生只能遇见一次的女人：唯一的机会。蒙马特尔区那边，明晃晃的灯火更加招人。烟花女已经开始揽客了。“仁慈的上帝！快点呀！……”那边，还有一些女人。那是西班牙女郎，形同珠宝盒，女人即使缺少姿色，满身珠光宝气，也就有了贵重的肉体。价值五百张票子的珍珠链挂在腹部，还有戒指，多么耀眼！真是奢华的一团肉。又一个焦虑不安的姑娘：“放开我！你呀！我认出你了，皮条客，滚开！让我过去，我还要好好活着呢！”

那个女人，坐在他前面吃晚饭，身穿鸡心低领的晚礼衣裙，后背裸露。他只能看到她的颈部，两个肩膀，以及这个肩背：后背的肌肉总在快速地颤动流窜。这部分肌体不断变动，重新组合，难以捕捉。那女人叼起一支烟，拳头撑着下颏儿，垂着脑袋：在贝尔尼看来，那无非是一片沙漠。

“一堵墙。”他心下暗道。

舞女们开始献艺了。舞步富有弹性，芭蕾舞魂赋予她们一颗灵魂。贝尔尼喜欢这种让她们凌空而又保持平衡的节奏。跳跃的动作难度极大，但是她们总能掌握平衡，准确熟练的技巧十分惊人。她们撩人的感官惴惴不安，总是不待那造型最终确立，刚要停歇，刚要进入死点，便毅然拆解，又化为连续的动姿。这正是欲望的体现。

他面前这个神秘的后背，光滑宛若湖面，可是稍欲动弹，心生一念或者打个寒战，便激起扩展开来的阴影涟漪。贝尔尼心想：“我就需要那下面隐隐的躁动。”

舞女们仿佛在沙地上画出又抹掉神秘的符号，舞罢谢幕。贝尔尼向那个最轻盈的舞女打了个手势。

“你跳得真好。”他揣测她的体重，就像估摸水果的果肉。发现她身体相当重，这对他是一种启示、一笔财富。她坐下来。她那目光专注，而刮过的后颈有股牛劲。那是她全身最不灵活的接合部。她那张脸丝毫也不清秀，但是周身从上往下，散发出一种极大的沉静。

继而，贝尔尼注意到，她的头发被汗水粘连了。脂粉中裂出一道深纹。一件旧首饰已经褪色。她离开舞台，如鱼离开水，就显得憔悴而失其灵便了。

“你想什么呢？”她打个笨拙的手势。

这种夜生活的乱腾，却具有一种意义。酒店伙计、出租汽车司机、饭店主管那样忙碌，他们是在从事自己的行业，归根结底，还是把这杯香槟酒、这个疲惫的姑娘推到他面前。贝尔尼从后台观看生活，一切都是职业。这里没有罪恶，没有美德，也没有忧烦的冲动，只有一种劳作：这种劳作同一个班子的人协作一样，都是中性的，都照章办事。甚至这套舞蹈，编排的动作语言，也只是讲给观众的。唯有观众欣赏时才发现一种结构，而当事者，他们和她们早已忘得干干净净。同样道理，一位音乐家上千遍演奏同一支乐曲，他也就无视其中的含义了。在这舞台上，舞女们在聚光灯照射下，一招一式跳着舞步，变换着表情，可是天晓得用了多大心。这个舞女只关注她那条疼痛的腿，而那个舞女，也只惦念着演出后的一个约会——噢，实在不值一提！这个在想："我差一百法郎……"而另一个，或许一直在想："我好疼。"

他心中的全部热情，都已经化作青烟。他思忖道："你给不了任何我所渴望的东西。"然而，他孤独得实在难熬，还是需要她。

十三

她怕这个沉默的男人。深夜醒来时，她躺在这个熟睡者身边，就恍若被遗忘在一片荒凉的海滩上。

“你倒是搂着我呀！”

其实，她还有情欢的冲动……但是，这个陌生的生命体却闭合了。坚硬的额骨中隐匿着不为人知的梦想。她横卧在这个胸脯上，感到这个男人的呼吸起伏如波涛：这是渡海的一种惶恐。耳朵如果贴到他的肉体上，就能听见怦怦的心跳，好似运转中的发动机，或者拆房工人的刨镐声，她感到是一种快速的逃离，难以捕捉了。她讲句话，把他从睡梦中拉出来。依然是沉默。她讲这句话，计算着要过多少秒钟等来回答，如同等暴风雨：一秒……两秒……三秒……他的神思还在乡野之外。如果他闭上眼睛，她就用双手捧起这颗死人般的沉重脑袋，如同搬起一块铺路石。“我的情人，多让人扫兴……”

神秘的旅伴。

二人并排躺着，都默默无语，只感到生命穿过身体，宛如一条河流。令人眩晕的流逝。躯体：这只漂流的独木舟……

“几点钟了？”

还要对对时间，好怪的旅行。“我的情人哟！”她紧紧搂住他，脑袋后仰，头发凌乱，仿佛刚刚出浴。女人刚睡醒，或者刚做完爱，就是这副模样：这绺头发粘在脑门上，这张脸憔悴苍白，好似刚从海里捞上来。

“几点钟了？”

嗳！为什么呀？这些钟点过去，颇像外省的小站点——午夜、一点、两点——抛到后面，消隐了。留也留不住，有什么东西从手指缝漏出去了。暮年老景渐近，这也无所谓。

“我完全想象得出，你白发苍苍，而我呢，还是乖乖做你的女友……”

暮年老景渐近，这也无所谓。

然而，这一时刻糟蹋了，这样久久静默，还要拖延下去，这种状况才累人呢。

“跟我说说你的家乡吧？”

“那边……”

贝尔尼知道，这根本办不到。城市、海洋、家乡：统统都一样。有时，就那么一瞥，隐约可见却不理解，更无从言说了。

他伸手摸摸这个女人的腰肢，这部位的肉体毫无防范。女人，光溜溜鲜活的肉体，闪亮着极柔和的光泽。他思索这个神秘的生命，像一颗太阳，像一种内在的气候。给她活力，还给她温暖。贝尔尼并不认为她温柔，也不认为她长得美，但是她温暖。温暖如一只动物，活力十足。而且，这颗心一直在跳动，不同于他的生命之源，就封闭在这躯体内。

他想到这种肉欲的快感，在他心中扇动了几秒翅膀：这只疯鸟拍动着翅膀便死去。而现在……

现在，窗户映现抖颤的天空。女人哟，做爱之后，已成残花败柳，失落了男人性欲之冠。被抛进冷寂的群星之间。心境的景象变幻如此迅疾……瞬间穿越性欲，瞬间穿越温情，瞬间穿越火焰流。现在，纯洁了，却冷却了，摆脱了肉体，站到了驶向大海的船头。

十四

这间客厅整齐有序，赛似一座月台。登上快车之前，贝尔尼在巴黎度过了荒漠般的十多小时。现在，他的额头顶着车窗，观望熙熙攘攘的人流。他被这条河流隔开了。每个人自有打算，无不行色匆匆。世事的纠葛与拆解，他已置身圈外了。这个女人路过，刚走十步，便退出了时间。这群人，曾经是生命之躯，以眼泪和欢笑丰富你的生活，现在却形同一群行尸走肉了。

第三部分

一

欧洲、非洲，廓清了白天暴风雨的零星残余，相隔不久都准备迎接黑夜了。格拉纳达的夜晚，风轻雨霁，而马拉加（西班牙）的夜晚，则暴雨转为小雨。还有几个角落，狂风还揪住树枝，仿佛抛掷着长发。

图卢兹、巴塞罗那、阿利坎特，分别送走了邮航班机，便收好辅助设备，飞机开进机库，关闭库门。马拉加接待白天的班机，也就无须准备灯火了。再说，班机不见得降落，可能继续飞行，当然低空飞向丹吉尔。今天，还必须距海面二十米的空中飞越海峡，望不见非洲海岸，完全靠罗盘导航。西风强劲，吹得海面凹陷下去，压碎的浪涛变成白色飞沫。所有下锚停泊的船只，无不船头迎风，像在大海中航行那样，船体铆钉都绷足了劲儿。东面英格兰悬崖[①]形成了一个低气压带，正倾泻着滂沱大雨。西面的云层又升高一级。海的对岸，丹吉尔在雨中热气腾腾，如注的大雨在冲刷城市。地平

① 又称直布罗陀悬崖，18世纪，直布罗陀被英国占领，故有其名。

线上的积云密密层层，而拉腊什[1]那边，净空一片清澈。

卡萨布兰卡对着晴空畅快呼吸。帆船桅杆标志出港湾，仿佛是海战之后。暴风雨扫荡之后，海面上唯余均匀的长浪，呈扇形展开。田野的绿色显得更加鲜艳，夕照中深如水色。城区亮晶晶的，多处广场还有积水。在发电机房，电工们都闲待着。阿加迪尔的电工们在城里吃晚饭，还有四个钟头才上班。艾蒂安港、圣路易[2]和达喀尔等地，电工们可以睡安稳觉了。

晚上八点钟，马拉加的无线电台通报：

“班机飞过，没有降落。”

卡萨布兰卡机场试用照明设备。成排的信标红灯，切割出一块夜场，一块长方形的黑色场地。零星有的灯不亮，仿佛缺了颗牙齿。然后，第二道开关则打开了导航灯。一道道光束射到机场中央，形成一片乳白色水洼。就差歌厅的演员了。

有人在移动一面反射镜。无形的光束挂到一棵湿漉漉的树上。犹如水晶，只有微弱的闪光。随后，那光束又晃见一个白色木板房，而木板房立时显得奇大，影子在旋转，接着全部毁掉。那光晕终于下行，找到了确定的位置，投射一条白色的边界限定飞机。

“好了，”站长说道，“关灯。”

站长回到办公室，查阅最新材料，又盯着看了一眼电话，心里没了底。拉巴特[3]很快会打来电话。一切准备就绪。几位机械师，有的坐在油桶上，有的坐在木箱上。

---

① 拉腊什：摩洛哥城市，又称阿拉伊什。
② 圣路易：塞内加尔北部港口城市。
③ 拉巴特：摩洛哥首都。

阿加迪尔站完全不解了。根据计算，航班早已飞离了卡萨布兰卡。随时可能到达，大家翘首以待。不知有多少次，错把金星看成了飞机的灯光，还有北极星，恰恰也位于正北方。大家期待着，只要出现一颗多余的星，就打亮探照灯了，期待看到那颗游荡的星，那颗在星空中找不到位置的星。

站长还拿不定主意。飞机到站，他是否放行呢？他担心南面大雾弥漫，可能一直蔓延到努恩河，甚至到了朱比角，可是无线电台怎么呼叫，朱比角始终静默。黑夜沉沉，总不能让“法国—南美洲”班机冲进棉絮堆里！这个撒哈拉中途站，总保持它的神秘性。

然而，我们在朱比角站，也与世隔绝了，我们像一只遇险的航船，不断发出求救信号：

“通报航班消息，通报……”

我们不再回答用同样问题烦我们的锡兹内罗斯站。我们之间相隔上千千米，总向夜空抛出徒然的怨声。

二十点五十分，紧张的气氛一下子缓解了。卡萨布兰卡和阿加迪尔通上了电话。至于我们的发报机，相互也都联系上了。卡萨布兰卡站说话了，讲出来的一字一句，都接力传递，一直传达到达喀尔。

“班机二十二时，将启程飞往阿加迪尔。”

“阿加迪尔呼叫朱比角：班机将于零点三十分飞抵阿加迪尔，完毕。我们能否放行，继续飞往你们那里？”

“朱比角呼叫阿加迪尔：雾大，等待白天。”

“朱比角呼叫锡兹内罗斯、艾蒂安港、达喀尔：班机将在阿加迪尔停留过夜。”

飞行员在灯下眨着眼睛，正在签署到卡萨布兰卡的航行记录。刚才飞行中，他每次凝目观望，收获总是甚微。有时，贝尔尼也应该感到庆幸，总还有海陆交界处的白色浪花在引导他飞行。此刻，在这间办公室里，满眼都是档案柜、白纸、厚重的家具。这是一个物质丰富的紧凑世界。门外，则是个被黑夜清空的世界。

他脸色通红，只因面颊由疾风按摩了十小时。头发上还往下掉水珠。他走出黑夜，犹如管道工走出地道，还穿着笨重的靴子、皮衣服，头发贴在脑门儿上，一个劲儿地眨眼睛。他停下来：

“唉……您打算让我继续飞行吗？”

站长翻动着航行记录，态度有点粗暴。

“等会儿告诉您，您照办就是了。”

站长已经知道，他不要求接着飞了，而飞行员也知道，他还要求起飞。每人当然都想表明，唯独自己有权裁定。

“您就把我的眼睛蒙上，连同一根油门操纵杆一起，关进一个壁橱里，再让我把家具运到阿加迪尔吧：这就是您要我做的事。”

贝尔尼内心生活太丰富，容不得一秒钟去想个人出事：心里空虚的人才会萌生这类念头，倒是壁橱这个喻象让他喜不自胜。有些事情不可能办到，然而他照样马到成功。

站长推开一道门缝儿，将他的香烟扔进黑夜。

“喏！看得见……”

“什么？”

“星星。”

飞行员恼火了：

“我才不管您什么星星呢——看得见三颗。您又不是派我去火星，而是飞阿加迪尔。”

“月亮，过一小时就会升起来。”

“月亮……月亮……”

一提月亮，他更恼火了：他夜间飞行等过月亮吗？难道他还是学员吗？

“好了，就这样吧，嘿，您就待着吧！”

飞行员平静下来了。他打开头天晚上的三明治包装，安安静静地咀嚼起来。二十分钟后，他就可以起飞了。站长脸上绽开笑容，他用手指轻弹着电话，心里清楚自己会早早给出这趟班机起飞的信号。

一切准备就绪，现在却出现无事可干的一段空白。时间，有时就像这样停顿了。飞行员坐在椅子上，油污的黑手放在双膝之间，前倾着身子一动不动，目光盯住他和墙壁之间的一个点。站长侧身坐着，嘴巴微张，似乎在等待一个秘密的信号。女打字员打了个呵欠，用拳头撑住下颏儿，感到要被困意压倒了。无疑有个沙时计在漏下时光。随后，远处一声叫喊，犹如拇指按下机械的启动键。站长扬起一根手指。飞行员微笑了，站起身，胸膛灌满了一股新鲜空气。

“嘿，再见！”

放映一部影片，有时就这样断了。静止不动了，就像有人昏迷过去，每过一秒钟都更加严重，继而，生命重又起步了。

起初，他觉得不是要起飞，而是关进了一个潮湿的洞里，充斥着他的发动机的隆隆声响，犹如汹涌的海浪。接着，他被不起眼的东西抬起来。如果是白天，一座圆顶的山峦、一条弧形的海湾线、一片湛蓝的天空，便构成容纳你的世界；然而此刻，他身处这一切之外，进入一个元素混沌而正在形成的世界。平原退去，带走了最后几座城市：马扎甘、萨菲和摩加多尔[①]，城中的灯火像玻璃天棚，从下面把他照亮。继而，最后几家农户的光亮，大地边缘的最后几点灯火。猛然间，他什么也看不见了。

“好嘛！这回麻烦可大啦。”

他注意看倾斜指示器、高度仪，飞机自动下降以便钻出云层。一只灯泡微弱的红光晃眼睛，他便熄灭了。

“好了，出来了，还是什么也看不见。”

阿特拉斯山脉[②]的头几座山峰不见踪影，寂静无声，本来在两条河流之间，像冰山一般漂流：他猜得出来近在咫尺。

“得，情况不妙。”

他转过身。一名机械师，唯一的乘客，一只手电筒放在膝上，正在看书。机舱里只露出他低垂的头和一些倒影。那脑袋从里面照亮，如一盏灯笼，贝尔尼看着挺怪异。他大叫一声：“嘿！”可是，他的声音却消隐了。他又用拳头敲打机身板：那个灯光照出来的人依旧看书，而在翻页的时候，那张脸就在光影中扭曲了。“嘿！”贝尔尼又喊了一声。相隔两臂远，两个人就遥不可及了。他只好放弃联络，身子又转回前方。

“估计应该接近吉尔角了，可是，干脆吊死我也好……情况肯定

① 均为摩洛哥城市。马扎甘是杰迪代的旧称。
② 阿特拉斯山脉：位于北非的山脉。

不妙。”

他思索起来：

“我可能过分偏离海岸了。”

他用罗盘校正航向。他有一种奇怪的感觉、自己怎么就被抛向大海，犹如一匹惊马，偏向右边，仿佛左侧真有高山压过来。

“大概下雨了。”

他伸出手，感到雨点的击打。

“二十分钟我就飞回海岸，那里是平原，更加安全……”

刹那间豁然开朗，完全放晴！净空扫尽乌云，星斗洗过一般，格外清新。月亮……月亮哟，明灯中的明灯！阿加迪尔机场明亮了三倍，好似灯光广告牌。

“我才不稀罕灯光呢！我这儿有月亮！”

二

朱比角拉开了白天的大幕，出现在眼前的舞台空荡荡的。没有中景，背景也没有阴影。这座沙丘始终固定在原地，还有这个西班牙要塞、这片沙漠。这里缺少细微的运动，而这种运动，即使风平浪静时，也会给草原和大海平添无限风光。游牧族群行进缓慢，能看得到沙粒的变化，夜晚搭起帐篷，总对着全新的背景。我本可以感受到，移动极其微小的沙漠的这种浩瀚，但是，这种持之不变的景象，形同蹩脚的彩色画片，禁锢了人的思想。

这口水井，同三百千米远的水井遥相呼应。外观上看，同样的井、同样的沙子，连地皱的布列也毫无二致。不过，在那里，事物的成分却是新的，犹如大海的浪花飞沫，相同而每秒钟都在更新。要到第二口井，我才会感到孤寂：到了下一口水井，抵抗部落才能真正显示其神秘性。

白天平安无事，过得平淡无奇。这是天文学家的太阳运转。这是大地之腹朝向太阳的数小时。在这里，话语渐渐丧失我们人类赋予的意义，只包含沙粒了。最沉重的字眼，诸如“温情”“爱”，在我们心中已不复为压舱物了。

“五点钟就从阿加迪尔起飞，你早应该着陆了。”

“五点钟从阿加迪尔起飞，他就应该着陆了。”

“不错，老兄，不错……可刮的是东南风啊。”

天色黄澄澄的。由数月北风塑造成型的这片沙漠，再过几小时，风向一变，就会完全搅乱。混乱不堪的时日，东南风斜吹着沙丘，沙子顺风势拉成一条条长垅，而每座沙丘像解线团似的拆散，在稍远处重新造型。

注意聆听。不，这是海洋。

一架邮航班机在途中，根本就不算什么。在阿加迪尔与朱比角之间，在这个未开拓的抵抗区上空失联，这个战友就无处可寻了。过一会儿，一个不动的信号，似乎就要在我们的天空出现了。

“五时从阿加迪尔起飞……”

大家隐隐约约想到出事了。一架班机出了故障，也没什么大不了的，只不过延长等待的时间，可是争论起来就有点激动，难免要变味走调。随后，时间变得过分充裕，用一些小动作，以及有一搭无一搭的闲聊，就难以填满了……

突然，有人一拳砸在桌子上，嚷了一句：“上帝呀！十个钟头了……”大家不约而同，霍地站起来：一个战友落入摩尔人手中。

无线电报务员联系拉斯帕尔马斯[1]。柴油机轰隆轰隆响个不停。发电机的轰鸣声，也不亚于一台涡轮机。他的眼睛盯住电流表，注

① 拉斯帕尔马斯：西班牙首府城市。

视显示的放电。

我站着等待。报务员侧身坐着，左手伸给我，右手还一直操作。过了半晌，他冲我喊：

“什么？”

我什么也没说。二十秒钟过去了。他又嚷起来，我什么也听不见，只得应道：“啊，是吗？”我周围一切都明晃晃的，半开的百叶窗透进一缕阳光。柴油机油湿的传动杆不断闪光，同那缕阳光搅和起来。

报务员整个身子终于转向我，摘下耳机。发动机打了几个喷嚏便停机了。我听到的最后几个字，是寂静下来抓住的，他仍然冲我喊出来，就好像我在百米开外：

“……根本就没有理睬！”

“谁呀？”

“他们呗。”

“哦，是吗？您能联系上阿加迪尔吗？”

“还不到再联络的时间。”

“不妨试一试。”

我在笔记本上草草写了：

“班机未到。是否未按原计划起飞？问号。确认起飞时间。”

“发给他们。”

“好吧，我呼叫看看。”

于是，喧响嘈杂声再起。

“怎么样？”

“……待。”

我走了神儿，不免胡思乱想：他是想说“等待”。这趟班机驾驶员是谁？真是你吗，雅克·贝尔尼，你就这样飞出空间，飞出时间吗？

报务员让大家肃静。他安上插头，戴上耳机。他拿着铅笔敲着桌子，瞧了瞧时间，很快打起呵欠。

“怎么还会出故障呢？”

“我怎么知道呢？”

“这倒是，嗳！……没什么。阿加迪尔没有听到？”

“您还要试试吗？”

“再试试看。”

发动机震动起来。

阿加迪尔始终哑默。现在我们窥伺它的声音。假如它正跟另一个站点交谈，我们就参加进去。我坐下来，实在无事可干，就抓起一副耳机，当即坠入鸣声嘈杂的鸟栏中。

长音、短声、极快速的颤音，这种鸟语我难以破解，但是向我提示了，我原以为荒凉冷落的天空，却回荡着那么多声音。

三个站点在说话。有一个住声了，另一个又登上舞台。

“啥？波尔多在自动电话线上。”

尖利的琶音，急促而又遥远。还有一个声音，更为缓慢，更为低沉。

“这是啥？”

“达喀尔。”

那音调很懊恼。声音中断，又响起来，再次中断，重又开始了。

“……这是巴塞罗那呼叫伦敦，而伦敦不应答。”

圣－阿西斯[①]非常遥远，在什么地方低沉地讲述着什么。

这算撒哈拉的什么聚会！全欧洲，各国首都聚齐了，用鸟声相互交心。

近处响起一阵滚动声。调解开关切断了这些噪音，线路肃静下来。

“是阿加迪尔吗？”

“正是阿加迪尔。”

不知为什么，报务员眼睛总盯着挂钟，他开始呼叫。

“他听见了吗？”

“没有，不过，他在同卡萨布兰卡通话，等一下就知道了。”

我们在窃听天使的秘密。铅笔在犹豫，猛地下戳，钉住一个字母，然后两个，然后十个，速度极快。词语形成，仿佛破茧而出。

“给卡萨布兰卡的通知……”

混蛋！特内里费岛[②]把我们同阿加迪尔捣混了。它那声音还特别大，充斥着耳机，又戛然中断了。

“……降落六时三十分。又飞往……”

特内里费岛真不识相，还跟我们捣蛋。

没关系，我已经大半明白了。六点三十分，班机折回阿加迪尔……有雾？发动机不正常？……只能七点钟再起飞……没误点。

“谢谢！”

---

① 圣－阿西斯，法国一处通信中心，位于默伦市附近。
② 特内里费岛，西班牙的一个岛屿。

三

雅克·贝尔尼，这一回，不等你飞到，我就会揭开你的身份。从昨天起，无线电波就给你确切定位，你要按照规定，在这里停留二十分钟，我会给你撬开一盒罐头，打开一瓶葡萄酒，你会避而不谈爱情、死亡，也不谈任何真正的问题，而是对我们讲讲风向、天气状况、你的发动机。你会让一名机械师的俏皮话逗笑，也会抱怨天气炎热，就跟我们当中随便哪个人一样……

你会谈谈你完成的是怎样的航行。你是如何揭开了表象。你走在我们身边，步伐为什么跟我们的不同。

我们一起走出了共度的童年，而此刻，在我的记忆中，突然又竖起那面爬满常青藤、摇摇欲坠的老墙。我们是胆子大的孩子：“你怎么怕了呢？推开门呀……”

一面老墙，摇摇欲坠，爬满了常青藤，长年暴晒，干透，晒透，晒酥了，岁月老去的明证。在枝叶间爬行，窸窣作响的蜥蜴，我们称作蛇，甚至那时就已经喜欢上这种逃窜，亦即死亡的形象。这一侧，每块石头都热乎乎的，像鸡蛋一样受孵化，也像鸡蛋一样浑圆。

每块土地、每根树枝，在太阳照射下，无不脱尽神秘。老墙的另一侧，一片丰饶富足的夏季田野。我们望见一座钟楼。我们听到一台脱粒机的声响。天的湛蓝，填满了所有空间。农民收割小麦，神父给葡萄喷洒硫酸铜，父母待在客厅打桥牌。这些人从生到死，在这个角落的土地上生活六十年，固守着这颗太阳、这些麦子、这座老宅，终生与家园相守的这一代代人，我们称为“看守队”。只因我们喜欢发现身陷最危险的小岛上、在惊涛骇浪的两大洋之间，也介于过去和未来之间。

“拧这把钥匙……”

这扇小绿门，颜色像破旧老船的船板，不准孩子推开，而这把大锁被时光锈住，如海中的古锚，也不准孩子碰一碰。

不用说是担心我们：墙里有个敞篷蓄水池，水塘里淹死个孩子就太可怕了。这扇门后，睡着一塘水，我们说千年未动了，每当我们听人提起死水，就会想到这个水塘。落进去的圆圆小树叶，给池塘披上了绿衣：我们往里抛石子儿，就能打破几个洞。

树下多阴凉啊，特别古老、特别粗重的老树枝，承载着太阳的重压。从来就没有一束阳光溜下去，染黄土堤上柔嫩的草坪，触碰如此珍贵的锦缎。我们抛出去的石子，也会像星球一样，开始运行了，因为在我们眼里，这水塘深不见底。

“咱们坐下吧……”什么声响都传不到我们耳畔。我们体味着凉爽、清香、潮湿，只觉得肌肤焕然一新。我们迷失在世界的边陲，因为我们已经知晓，旅行，首先就是更新肌体。

“这里，正是事物的反面……”

反面之于如此自信的这个夏天，之于这片田野、这些面孔：正是这些把我们扣留囚禁了。因此，我们憎恶这个强加的世界。该吃晚饭的时候，我们往回家走，怀着沉甸甸的秘密，就像印度潜水采珠人。日落时分，太阳悬在天边即将倾覆，水面一片粉红的霞光，我们听到了让我们心烦的话：

“天儿长了……”

我们感到重又陷入这种老套中，陷入四季衔变、假期、红白喜事的这种生活中。全是浮面的狗苟蝇营。

逃离，这才是重要的事。我们十岁上，就找到了庇护所，溜进顶楼的屋架下。只见几只死鸟、几只开了膛的旧箱子、一些奇装异服：颇似生活的后台。我称之为藏匿的这种财宝，老宅的这种财宝，跟童话中描绘的一模一样，有蓝宝石、乳白石、钻石。这些宝物只发出微弱的光，却是每面墙壁、每根梁木存在的理由。这些粗大的梁木保护房屋，天晓得要对抗什么危险。不错。对抗时间。须知在我们这里，时间就是最大的敌人。人往往靠传统来对抗时间。崇拜过去。粗大的梁木。然而，唯独我们了解，这座楼层犹如启航的一条船。唯独我们察看船舱和底舱，知道哪处漏水。我们熟悉房顶的漏洞，鸟儿滑下来就得死掉。我们也熟知房梁上的每道裂缝。下面客厅，客人在交谈，漂亮的女人在跳舞。好个平安无事的假象！当然还会有人送上美酒。黑人男仆，戴着白手套。过客哟！而我们，在上面，观赏从房顶缝隙透进来的蓝夜色。这个小洞，刚好能容一颗星落到我们头顶。这是从整个天空为我们摘取来的。这样的星看着不舒服。我们不禁转过身去：正是这颗星能带来死亡。

我们猛一惊抖。物体内在隐秘的活动。梁木因藏宝物而开裂。每次听到破裂声，我们就要探查一番。无非是豆荚要破开，放出豆子。我们并不怀疑，物体的老壳里，还隐藏着别的东西。哪怕只是那颗星，那颗坚硬的小钻石。有朝一日，我们要向北走，或者往南行，抑或在我们内心，去寻找那颗星，逃离。

那颗催眠的星星，被房顶石板瓦遮住，现在绕出来，清楚得像个信号。我们下楼回房间，在还睡意蒙眬的长途旅行中，带着这种认识：在那个世界里，那块神秘的石头在水中永无休止地滚动，好似光在太空中行进，潜行上千年才抵达我们这里；在那个世界里，这座楼房在风中嘎嘎作响，如一条航船遭遇危险；在那个世界里，因那件宝物隐秘的作用，物体一个接着一个爆裂。

“你快坐下。我还以为你出了故障呢。喝吧。我真以为你出了故障，要出发找你去。飞机已经开到跑道上：瞧哇，阿伊特－图萨人攻击了伊扎尔金人。我还以为你落入那场混战中，着实为你担心。喝吧。想吃点什么？”

“让我走吧。”

“你还有五分钟。看着我。跟日奈维埃芙发生了什么，你笑什么呀？”

“嗳，没什么！在机舱里那会儿，我忽然想起一首老歌，顿时觉得自己年轻得很。”

“日奈维埃芙呢？”

“我也不清楚了。让我走吧。”

“雅克……回答我……又见到她了吧？”

“是啊……”他犹犹豫豫，“返回图卢兹的途中，我还是绕道去看她了……”

接着，雅克·贝尔尼对我讲述了他这段经历。

四

这可不是外省的一座火车小站点，而是一道暗门。表面上看去是朝向田野。在一名检票员的平静目光下，下车的乘客踏上一条白色公路，毫无神秘感，只见一条小溪、几簇蔷薇花。站长正在护理玫瑰花。一名货运员正装模作样，推着一辆空车。一个神秘的世界，由这三个伪装的人守护。

检票员用手指轻轻弹着车票：

“您从巴黎上车去图卢兹，为什么在这里下车？”

“我乘下一趟车继续赶路。”

检票员上下打量他，并不是犹豫放行，让他踏上这条路，看到一条小溪和几簇蔷薇花，而是要不要交出这个王国，因为自梅林[①]以来，大家都善于伪装，前来探赜索隐。他终于在贝尔尼身上看出，从俄耳甫斯[②]以来旅行所具备的三种品质：勇敢、青春、爱情。

“请过去。”他说道。

---

① 梅林：克尔特人传说和亚瑟王史诗中的魔术师。

② 俄耳甫斯：希腊神话人物，色雷斯的诗人与歌手，曾到阴间寻找死去的妻子。

这个站点快车不停，只相当于立着的一幅假景，如同那些不三不四的小酒吧，用装饰画的小伙计、音乐人、酒吧招待来撑门面。贝尔尼换乘慢车走，就已经感到生活节奏慢下来，改变了方向。现在，他同这个农民并排坐在木板车上，越发远离了我们。他深入了神秘的国度。这个男人，一过了三十岁，便满脸皱纹，此后再也不见老了。他指向一片田地：

“长得真快！”

小麦追逐着阳光的奔跑，我们看不见，该是多么匆急啊！

贝尔尼还发现我们更加遥远，更加瞎折腾，更加可怜了，那是那个农民指给他看一堵墙的时候：

“那是我祖父的祖父垒起来的。”

贝尔尼已经触摸到一道永恒的墙，触摸到一棵永恒的树：他估量应该到地方了。

“就是这地方了。要不要等您？”

水下沉睡的传奇王国，贝尔尼在这里过上一百年，就等于在世间消磨一小时。

当天晚上，木板车、慢车、快车又将协助他：这种绕弯子的逃离，将我们带回有了俄耳甫斯，有了睡美人的世界。继续赶往图卢兹的路上，他要表现得跟其他旅客一样，苍白的面颊贴在车窗上。然而，他的心头却添了一段不能讲述的记忆，“月色”“时光色”。

怪异的探访：没有一声欢叫，没有一点惊喜，一路脚步声低沉。他一如既往，跳过篱笆：小径的草长高了……啊！这是唯一的差异。

树木掩映的那所房子，在他看来是白色的，但是像梦中那样遥不可及。即将抵达的时候，还疑惑这是海市蜃楼吗？他登上宽敞的石台阶：按照建筑的要求，台阶的线条十分流畅。

“这里，任何部分都没有弄虚作假……”门厅昏暗，椅子上放着一顶白帽子：是她的吧？这种凌乱又多招人喜欢：不是弃置不管的一种凌乱，而是有意为之，表明有人动用的凌乱。还保持着动态的迹象。一把椅子微微后移，显然是坐着的人手扶桌子站起身的缘故：他看见了那起身的动作。一本翻开的书：是谁刚刚离开呢，为什么呢？最后那句话，也许还萦绕在某人的意识中。

贝尔尼微笑了，想到房屋里千百种琐事、千百种小动静。屋子里终日来回走动，应对同样的需求，整理同样乱放的东西，人间悲剧在这里微不足道：只有旅客、外乡人，对此才会哑然失笑。

“不管怎样，”贝尔尼想道，“每天夜晚降临，这里同别的地方一样，整整一年，完成一个周期。第二天，又重新开始生活。人们走向夜晚。再也没有一点忧虑：百叶窗关严了，图书整理好了，挡火板也放好位置。赢得的这种休息，本可以是永恒的，也有这种意趣。我的夜晚则不然，比喘息的时间还要短暂……”

他悄无声息地坐下，他不敢造次，自报来访：一切显得十分宁静，十分平稳。遮帘细心放低，只透进一缕阳光。贝尔尼不免想道：“一道裂缝，这里的人，不知老之将至……”

“我会了解到什么呢？……”隔壁房间的脚步声，引起整座房子聆听，脚步声很平静。修女的脚步，去整理祭坛的鲜花。“做的什么事这么细腻呢？我的生活，如同一部悲剧似的紧迫。而在这里，每个动作之间，每个念头之间，有多少流通的空气，又有多大空间……”他到窗口，俯身望向田野。在阳光照耀下，田野延展开去，有一条白色公路，要走好多千米，才能去祈祷，去打猎，去寄一封信。远处有一台打谷机隐隐作响，但是稍微倾注才听得见。一名演员声音太微弱，全场观众都感到压抑。

那脚步重又响起来：“有人在收拾小玩意儿，那些东西逐渐塞满了玻璃柜。每个世纪退潮的时候，总留下这些贝壳……”

有人说话，贝尔尼倾听：

“你看她能挺过这周吗？医生……”

脚步走远了。贝尔尼惊呆了，一时无语。谁要死了？他一阵揪心。他求助于生命的各种证据：白帽子、翻开的书……

又有人说话了。这些声音则充满爱意，但是又极平静。说话的人知道，死亡已经守在这屋顶下，大家就当作知交接待，并不扭头不理。没有什么可大惊小怪的。“一切都这么简单，”贝尔尼想道，“活着，就整理小玩意儿，死了……”

“客厅摆的花，你采来了吗？”

“采来了。”

说话声音压低，语调委婉，但不失平稳。他们谈起无数日常琐事，而即将发生的死亡，仅仅给这些事染成灰色调。一声笑迸发出来，又自生自灭。没有根基的笑声，却又是故作的庄重抑制不住的。

“不要上去，”那个声音说，“她睡着了。”

贝尔尼就坐在这痛苦的中心，身处一种窃取的亲密里。他害怕被人发现。有外来客人，就难免详尽介绍，一种痛苦就不那么低调了。有人会高声对他说:“您了解他,爱过他……”他就得把垂危的女人抬到她当初的风采中,这是令人不能容忍的。

按说,他有权进入这种秘密关系:“……就因为我爱过她。”

他需要再见她一面,偷偷上楼,打开了房门。室内夏意盎然:浅色的墙壁、白色的床铺,敞开的窗户充满了阳光。远处钟楼的钟声悠缓,节奏恰如心跳,当然是没发高烧的心跳。她在梦乡。仲夏时节,真是好睡啊!

“她要离世……”他走上前,踏着洒满阳光的打蜡地板。他不理解自己何以这样平静。这时,她呻吟了:贝尔尼不敢再靠近了。

他觉出来,身边有个巨大的存在:病人的灵魂在伸展,占满了房间,而房间就好似一个伤口。让人不敢走动,怕碰着家具。

寂静无声,没有苍蝇的嗡鸣。远处一声呼唤打破宁静。一阵清风,软软的,在房中流动。贝尔尼心想:已经傍晚了。他想到即将关上的护窗板,要点亮的灯。很快就要入夜了,病人要跨越这受罪的阶段。长明灯如幻景,迷人心性:毫不变换的物体的暗影,从同一角度要看上十二小时,最终要深深印在脑海里,成为难以承受的压力。

“谁在那儿?”她问道。

贝尔尼走到跟前。心中的温存、怜悯,上升到嘴唇。他俯下身,要救护她,把她搂在怀里,给她力量。

“雅克……”她定睛看着他,“雅克……”她从脑海深处拉他上来。她并不寻求他的臂膀,而是搜寻她的记忆。她揪住他的衣袖,仿佛挣扎出来的落水者,但不是为了抓住一个在场的人,抓住一种救助,而是要捕捉一个影像……她注视着……

就这样注视中，她渐渐觉得他生疏起来，认不出这道皱纹、这种目光了。她握紧他的手指，想呼唤他，可他不可能给她任何救助。他不是她心中珍藏的那个朋友。她已经厌倦了，摊开眼前这个人，转过头去。

他已相隔无法逾越的距离。

他悄无声息地逃离，重又穿过门厅。这是一趟漫长的旅行，一趟印象模糊的旅行，他归来后也记忆不清了。他痛苦吗？他悲伤吗？他停下脚步。夜色如海水，渗入漏水的底舱，这些小摆设都要失去光泽。他的额头顶着玻璃窗，望见椴树的影子拉长，交叉起来，汇成弥漫草坪的夜色。远处一个村庄透出亮光：只有寥寥几点灯火，一把就可以抓在手里。距离不复存在：他用手指就能触摸到山峦。房屋里人声肃静：全已归拢整齐了。他没有动弹，又忆起类似的夜晚。大家站起来，身子滞重，好似潜水员。女人的光洁面孔闭合了。猛然间，大家担心未来，惧怕死亡了。

他走出宅门，回过身去，强烈渴望被人瞧见，招呼回去：那样一来，他悲喜交加，一颗心就可以融化。然而，什么也没有发生。并没有什么要留住他。毫无阻拦，他钻进树丛，跳过篱笆：这条路很艰难。现在结束了，他永远不会再来了。

五

贝尔尼起飞前，总括向我讲述了整个这段经历。

“跟你说，我也尝试过，要把日奈维埃芙拉进我的世界。我向她展示的一切，却变得灰暗，没有色彩了。头一天夜晚，就是一堵无名的厚墙，我们未能穿越。我不得不还给她原来的房子、原来的生活和她原来的灵魂。公路两侧的杨树，也一棵一棵还给她。随着我们北上返回巴黎，世界与我们之间的厚度也持续变薄。就好像我成心要把她拖入海底似的。后来，我还寻求与她会合时，就能够接近她，触摸到她了：我们之间没有了距离。距离感消失了。我不知道该怎么对你说，上千年了。我们离另一种生活，那么遥远了。她死死抓住自己的白床单、自己的夏天、自己天天见的东西不放。我没法儿带走她，那就让我走吧。”

你这个印度潜水采珠人，摸到了珍珠，却不知道如何带出来见天日，现在你还要去哪里寻宝呢？这片沙漠，我走在上边，双腿像灌了铅，被拖在地面，不可能发现任何珍宝了。可是对于你，魔术师，沙漠不过是一层沙网，一种表象……

“雅克，到时间了。”

六

现在，他身子硬邦邦，还在无限遐想。从高空俯瞰，地面似乎并不移动。撒哈拉的黄沙咬噬着大海：蓝蓝的海面宛如无边无际的人行道。这条海岸线，时而向右漂移，时而又横滑过来，贝尔尼这个优秀工人，就将海岸拉入他直飞的线路上。沿非洲海岸飞行，每遇弯道，他就操纵飞机微微倾斜。飞抵达喀尔，还有两千千米航程。

他前面，不驯服的区域，一片耀眼的白色。时而见到光秃秃的岩石。大风扫荡沙海。随处形成均匀的沙丘。不流动的空气，像脉石一般裹住飞机。丝毫也不颠簸，丝毫也不摇摆，从高空观望，根本见不到移动的景物。飞机被风紧紧纠缠，继续飞行。艾蒂安港，头一个中转站，不是在空间，而是在时间里标示出来。贝尔尼瞧了瞧手表。在静止不动和寂静中，还要度过六小时，然后，他就钻出飞机，犹如钻出蛹壳。世界是崭新的。

贝尔尼瞧着这块能发生如此奇迹的手表，随后再看一看指针不动的转速表。如果这根指针放弃了数字，如果故障将人抛给沙漠，时间和距离就将汲取新的含义，但是他都不想弄明白。他航行在四维空间。

然而，他经历过发动机熄火的时刻。我们所有人都经历过。我们眼前闪过多少景象，唯有一种能使我们成为囚徒，具有沙丘、太阳和寂静的真正压力。一个世界倾覆在我们身上。我们是弱者，身上的武装就是挥挥手臂，夜晚吓跑羚羊。再有声音作武器，还传不到三百米远，呼救没人听得见。我们人人都有这么一天，跌落到这个陌生的星球上。

身陷此地，生活节奏便发生极大变化，时间变得过分宽裕。我们在卡萨布兰卡，约会见面，要以小时计算：每次会面都要改变我们的心情。在飞机上，每隔半小时，我们就变换一种气候：我们的躯体也随之变化。而在这里，我们就一周一周计算。

战友们把我们解救出去。如果我们的身体实在太虚弱，战友们就把我们举上机舱：他们的铁腕把我们从这个世界拉回到他们的世界。

贝尔尼要经历多少未知的事件，想处变不惊，对自己的了解还远远不够。面临饥渴、无助，或者摩尔人部落的残酷，能从他内心唤起什么呢？而且，抵达艾蒂安港中途站的时间，若是突然拋后一个月呢？他还想道：

“我无须什么勇气。”

想这么多，始终还很抽象。一名年轻的飞行员大胆练习空中翻筋斗，头朝下，不管离地面多么近。投掷过来的却不是坚硬的障碍物——最小的一块也会击得他粉身碎骨——而是流动的树木、墙壁，犹如梦中的情景。有勇气吗，贝尔尼？

然而，事与愿违，偏偏发动机颤抖起来，这种意外事故，会突然出现，取代他的位置。

这个海角、这片海湾，飞行一小时之后，终于连接上了一片中立的、没有设防的土地，螺旋桨也完成了这段航程。然而，再往前行，每一块土地，都蕴藏着神秘的威胁。

还要飞行一千千米：一定要把这块巨幅台布拉到近前。

“艾蒂安港呼叫朱比角：航班于十六时三十分到达。”

“艾蒂安港呼叫圣路易：航班于十六时四十五分起飞。”

“圣路易呼叫达喀尔：航班于十六时四十五分离开艾蒂安港，夜间继续飞行。”

东风，从撒哈拉沙漠腹地刮来，旋起一根根黄沙柱。拂晓，一轮淡白的旭日弹出地平线，在热腾腾的雾气中变了形，看似一个白色肥皂泡。不过，随着升空，太阳逐渐凝聚，对准了焦距，又变成这支灼热的火箭，这根刺进颈部的火热锥子。

东风。从艾蒂安港起飞时，天气宁静，近乎凉爽；可是，爬高到一百米，就遇到一股岩浆流。登时：

油温：一百二十摄氏度。

水温：一百一十摄氏度。

要升到两千米、三千米：显而易见！超越这股沙尘暴：显而易见！不料，爬升不到五分钟，自动点火装置和燃油阀就烧坏了。爬高：谈何容易。飞机陷入这种没有弹性的空气中，飞机深陷其中不能自拔。

东风。人成为瞎子。太阳滚进这种黄色的涡流中。它那苍白的面孔时而露出来并燃烧。只有垂直飞行，才能望见大地，也很勉强！我爬升，我俯冲，还是斜飞呢？试着看吧！还不能高出一百米。豁出去啦！往下找找看吧。

贴着地面吹着北风，犹如一条河流。这还行，一条手臂耷拉到机舱外，仿佛乘坐快艇，手指拨弄清凉的水面。

油温：一百十摄氏度。

水温：九十五摄氏度。

清凉如河水？相对而言。飞机有点跳动，地面的每道褶皱，都形同扇来的一记耳光。真讨厌，什么也看不见。

可是，飞到蒂梅里角，东风甚至擦到地面了。哪里也找不到庇护所了。一股橡胶烧焦的气味。磁电机吗？密封圈吗？转速表的指针也不灵便了，少转了十圈。“喂，你怎么啦，你可别添乱了……”

水温：一百一十五摄氏度。

爬高十米都不可能了。瞥一眼那座沙丘，像跳板一样捅过来。再瞥一眼压力表。嗨！是沙丘引起的旋涡。操纵杆已经拉到腹部：这样坚持不了多久。保持飞机平衡，就像双手捧着盛得太满的汤碗。

距飞机轮子仅十米，毛里塔尼亚的黄沙、盐场、海滩纷至沓来，汇成海岸陈列物的洪流。

一千五百二十转。

第一次空转。犹如一记猛拳，击中了飞行员。二十千米远，有法国设的一个哨所。仅此一处。飞到那里。

水温：一百二十摄氏度。

沙丘、岩石、盐场，全部吸纳了，如同经过轧钢机的切割。管他呢！物体的轮廓扩大了，敞开了，随后又闭合。飞机轮子下：土崩瓦解的惨象。那些黑石头拥挤在一起，仿佛慢腾腾移过来，却突然加速。飞机摔在上面，将石头撞得四下纷飞。

一千四百三十转。

“我的脑壳若是摔个粉碎……”他用手指碰了碰，机身板好烫。散热器喷出一股股蒸气。飞机，超载的驳船，何等沉重。

一千四百转。

飞机轮子离地面只有二十厘米，最后一片沙子飞速掷来。快速铲沙，铲黄金。铲掉一座沙丘，露出了哨所。哈！贝尔尼切断油门。真险啊。

景物的冲刺顿时刹住，随即死灭。这个沙尘的世界重新组合。

一座法国小碉堡，坐落在撒哈拉。一名老中士接待了贝尔尼，他见到一个兄弟，乐得合不拢嘴。二十名士兵都是塞内加尔人，他们举枪致敬。一个白人，起码也得是个中士，如果年轻，他肯定就当上了中尉了。

“您好，中士！”

“嘿！到我这儿来，我真高兴！我来自突尼斯……”

他的童年、他的往事、他的灵魂，他一下子全倾吐给了贝尔尼。

一张小桌子，一些照片，用图钉固定在墙上。

“是的，这些都是亲人的照片。我并不全认识，但是明年，我要去突尼斯。那张？那是我伙伴的恋人。这张照片，我看他一直放在桌子上，他还总把她挂在嘴边。他死了之后，照片就让我拿来了。

我接着摆放出来，反正我也没有恋人。”

“我渴了，中士。”

“哦，喝吧！真高兴能请您喝葡萄酒。上尉来的时候就没得喝了。他是五个月之前经过这里。后来，当然了，在很长一段时间，我产生了悲观的念头。我打报告请求派人来替换我：实在太丢人。”

“我干什么？天天夜晚写信：我不睡觉，我有蜡烛。可是，每隔六个月送一次信，我接到的就算不上回信了：我又得重新写起。”

贝尔尼想要抽烟，同老中士登上小碉堡的露台。月光下，沙漠显得多么空旷啊。他在这哨所上监视什么呢？无疑是监视星星。也监视月亮……

“星星中士，就是您吧？”

“不要拒绝，抽吧，我有烟叶。上尉来那次我就没有了。”

关于这个中尉[1]，关于这个上尉，贝尔尼全了解了，他甚至能够复述出他的唯一的缺点、唯一美德：缺点是爱赌，美德是心肠太好。他还了解到一个年轻中尉最近一次来哨所，看望远在沙漠腹地的一名老中士：这段回忆几乎温情脉脉。

“他对我解释了星星……”

“是啊，”贝尔尼说道，“他把星星托付给您了。”

现在，就轮到他来解释星星了。

中士明白了距离，也想到遥远的突尼斯。他了解到北极星，就发誓一见面就能认出它来。只要把握住它靠左边一点就行了。他想

① 原文如此。这个中尉或许就是这段补述的“年轻中尉”；也可能指老中士，上文有：“如果年轻，他肯定就当上中尉了”。

到突尼斯，也是这么近。

“我们正朝那颗星星跌落，速度快得令人头晕目眩……”老中士及时地抓住了墙头。

“您无所不知啊！”

“哪里，中士。我碰见过一个中士，他甚至对我说：‘您出身好人家，书香门第，受过良好教育，连飞机掉头都做不好，您就不惭愧吗？’”

“嗳！您不必惭愧，这事儿多难啊……”

对方劝慰他。

“中士，中士！你的巡逻灯……”

贝尔尼指着月亮。

“你会唱吗，中士，这支歌曲：

下雨了，牧羊女，下雨……”

他哼唱着歌曲。

“哦！是啊，我会唱，是一支突尼斯民歌……”

“告诉我接下来的歌词，中士。我还得想一想。”

“等等看：

你的白羊赶回去，

赶回你的茅屋里……”

“中士，中士，我想起来了：

在那树叶下你听，

哗啦啦的流水声，

暴风雨已经来临……”

“唔，千真万确！”中士说道。

他们懂得同样的事物……

“天亮了，中士，我们去干活吧。”

“去干活吧。”

“电嘴扳手递给我。”

“哦！好的。”

“这里用钳子夹紧。”

“嗯！您指挥……我什么都干得来。”

“你瞧，这没什么，中士，我要走了。”

中士出神地凝视着一个年轻的神仙，来自虚空，现在又要飞走。

……来了让他回想起一首歌，突尼斯，他本人。这些英俊的信使，无声无息降落，来自沙漠之外，来自哪个天堂呢？

“再见，中士！”

“再见啦……”

中士嚅动着嘴唇，连他自己都弄不清缘故。中士表述不出来，他会在心中表述不出来，他会在心中保存六个月的爱。

七

“塞内加尔圣路易呼叫艾蒂安港：邮航班机没有抵达圣路易。句号。紧急向我们通报消息。”

“艾蒂安港呼叫圣路易：自十六时四十五分起飞之后，再无任何消息。立即实施搜寻。”

“塞内加尔圣路易呼叫艾蒂安港：632号航班七时二十五分离开圣路易。句号。暂停你们的起飞时间，一直等到航班抵达艾蒂安港。”

*

“艾蒂安港呼叫圣路易：632航班十三时四十分安全到达。句号。飞行员指出，虽有足够的能见度，他什么也没有看到。句号。飞行员认为，如果失联航班在正常的航线上，他应该看到。句号。应派出第三名飞行员，分段深入搜寻。”

“塞内加尔圣路易呼叫艾蒂安港：同意。我们发出命令。”

“塞内加尔圣路易呼叫朱比角：法国—南美洲邮航班机失联。句号。紧急飞往艾蒂安港。”

*

朱比角。

一名机械师回到我身边：

“我将饮用水装在你左前箱里，食物装在右前箱里。身后有一个备用轮胎和药箱。十分钟。行吗？”

“行啊。”

记事本。交代几件事：

“我外出期间，每天写总结报告。周一给摩尔人发工钱。空油桶装上帆船。”

我凭窗远眺。每月一次给我们运送淡水的帆船，在海面上轻轻地摇晃。那样婀娜多姿。它给我这整片沙漠点染几分颤动的生气，罩上清爽的单子。我就是诺亚，在方舟里接受鸽子的造访。

飞机准备就绪。

*

“朱比角呼叫艾蒂安港：236 号飞机十四时二十分离开朱比角，飞往艾蒂安港。”

*

沙漠驼队的路上留着骸骨，而我们道路的标识，则是几架飞机的残骸："离博雅多尔角的那架飞机，还有一小时航程……"飞机被摩尔人洗劫一空，只剩下一副残骸。成为坐标。

上千千米沙漠，然后是艾蒂安港：四座建筑立在沙漠中。

"我们等你呢。我们要立即出发，充分利用白天这段时间。一架沿海岸，另一架相隔二十千米，第三架靠里五十千米。到了夜晚，我们就停靠在小碉堡。你要换飞机呢？"

"对。阀门有些啮合。"

于是换机。

出发。

*

一无所获。那只是一块深色的岩石。我还像轧钢机一般。继续将这沙漠过一遍。每个黑点都要看一眼，令我不胜其烦。朝我滚滚而来的沙流，仅仅裹着一块深色石头。

我也看不见战友们了。他们在各自的天空区域搜寻。要有鹰隼那样的耐心。我也望不见大海了。垂悬在白炽的火海之上，见不到一点活物的影子。我又心跳了：远处有个漂浮物。

又是一块黑乎乎的石头。

我这发动机，发出汹涌奔腾的河流声响。这条奔腾的河流裹挟着我，把我折腾得精疲力竭。

我经常看见你哟，贝尔尼，蜷缩在你那无法解释的期望之上。我不知道该如何表述。我倒想起你喜爱的尼采的这句话："我的夏天炎热，短促，忧郁而又很幸福。"

极目搜寻过久，我的双眼疲惫了。一些黑点在舞动，我已经无所适从了。

*

"这么说，中士，您见过他啦？"

"天刚亮他就起飞了……"

我们在小碉堡墙脚坐下来。塞内加尔人在咯咯笑，中士还在遐想：这个黄昏，非常明亮，但是无所事事。

我们的一个人随口说道：

"如果飞机坠毁……要知道……多半是找不到的！"

"当然了。"

我们的一个人站起身，踱了几步：

"情况不妙。有烟吗？"

我们：动物、人、物体，都一起走入黑夜。

*

在一个烟头的亮光中，我们进入黑夜，而世界也恢复了实际的体积。驼队在前往艾蒂安港的途中逐渐老去。塞内加尔的圣路易，远在梦境的边陲。这片沙漠，刚才还只是堆积的黄沙，毫无神秘性。现在，一座座城市都近在咫尺，而中士久经磨炼，对付得了耐心、寂寞和孤独，可是他感到，徒有这样一种美德。这时，一条鬣狗嗥叫起来，沙漠有了生命，一声呼唤重新组合神秘性，有什么事物诞生了，逃逸了，周而复始……

不过，星际为我们测出真正的距离。平静的生活、忠诚的爱情、我们以为挚爱的女友，这些的定位，无不有赖于北极星……

不过，南十字星座，也为一种财宝设定了路标。

*

将近凌晨三点钟，我们盖的毛毯变得单薄透明了。这是月亮施的魔法。我浑身冰凉，冻醒了。我登上碉堡的露台。吸烟……吸烟……我就这样熬到黎明。

这个小哨所，沐浴着月光：一个风平浪静的港湾。满天星斗，以灿烂的笑靥欢送驾驶员。我们三架飞机，罗盘都乖乖指向北方。然而……

你最后的脚步，真的踏在这里吗？敏感的世界，就到此为止了。这座小碉堡，正是上船的码头。一道涌向月光的门槛，一跨出去，什么都不是那么真实的了。

多美妙的夜晚。你在哪里，雅克·贝尔尼？或许在这里，或许在那里？已经这么飘忽不定啦！我周围的这片撒哈拉大沙漠，负载得少之又少，只不过偶尔接待一只欢跳的羚羊，只不过在最沉重的沙窝里，抱着一个体轻的孩子。

*

中士过来找我。

“晚安，先生。”

“晚安，中士。”

他侧耳细听。一片沉寂，贝尔尼，是你的沉寂的延续。

“抽支烟？”

“好的。”

中士咂摸着烟卷。

“中士，明天，我要找到我那伙伴：你认为他会在哪儿？”

中士把握十足，向我指了指整个地平线。

一个走失的孩子，整片沙漠就无处不在了。

*

贝尔尼，有一天你向我承认：“我爱上了一种自己并不很理解的生活，一种并不完全忠诚的生活。我甚至不大清楚自己有过什么需要：那是一种轻微的饥渴……”

贝尔尼，有一天你向我承认：“那时我猜测出来的东西，却隐藏在各种事物的背后。我觉得再用点心，就能理解了，最终能掌握，可以带走了。然而，朋友的这种相伴，我却始终不知其详，反而搅得我意乱心烦，就只好走掉了……”

我觉得一条船倾覆了，还觉得一个孩子安静下来。我觉得船帆、桅杆和希望，都带着这种震颤驶入大海。

*

拂晓。摩尔人嘶哑的喊叫声。他们的骆驼都累趴下了。一伙匪帮，携带三百条枪，正从北方悄悄南下，很可能突然出现在东方，屠杀一支沙漠商队。

我们若是飞向匪帮那边去搜寻呢？

“那么，我们就呈扇形飞行，同意吗？中间的那架直插正东方……”

干热风：刚升到五百米高度，这股热风犹如吸尘器，一下子就把我吸干。

*

我的兄弟……

难道珍宝就在这里：你寻找过啦！

在这座沙丘上，你交叉双臂，面向这深蓝色海湾，面向星斗的村落，那个夜晚，你的身体飘轻……

贝尔尼，你成为飞行员，驾机南下，解脱了多少系恋的缆绳，只剩下一个朋友：一根游丝勉强牵着你……

那个夜晚，你更加身轻。控制你的是一阵眩晕。在正上方的那颗星辰上，闪耀着那个珍宝，逃逸者哟！

我这友谊的游丝还勉强牵着你：不忠诚的牧羊人，我一定是睡着了。

*

“塞内加尔圣路易呼叫图卢兹：法国—南美洲邮航班机已经找到，是在蒂梅里角。接近敌对区域。飞行员遇害，飞机毁损，邮包完好。继续飞往达喀尔。”

八

“达喀尔呼叫图卢兹：邮航班机平安抵达达喀尔。”

夜　　航

原版序言

安德烈·纪德①

航空公司要同其他交通方式拼速度。这就是航线负责人的杰出形象，里维埃尔在本书所做的解释："这对于我们来说，却是个生死攸关的问题，只因飞机白天超过火车和轮船的进度，到了夜晚我们就丧失殆尽了。"这种夜间航班，开头受到严厉批评，经过初期冒险试航之后才获批准，进入正式运营，直到撰写本书的时候，还要冒着极大的风险：航路潜布着种种意外情况，危险无法捕捉端倪，现在又添加黑夜的凶险神秘。不管风险还有多大，我要赶紧说风险正日益减少，每趟新的航行，都为下一趟航行提供方便，多增加一点儿保障。不过，航空跟未知地域的探险一样，都有一个英勇的初期阶段，而《夜航》向我们描述了一位天空开拓者的悲壮险历，自然而然采用一种史诗的语气。

① 安德烈·纪德（1869—1951），法国作家。1947年获诺贝尔文学奖，代表作有《背德者》《窄门》等。

我喜爱圣埃克苏佩里的第一本书，但是更爱这一本。在《南方邮航》中，飞行员的回忆记述得准确而扣人心弦，交织着一种情感的心路，便拉近了主人公同我们的距离。啊！那么温情脉脉，让我们感到他充满了人性，极易受到伤害。《夜航》的主人公，当然没有非人性化，但是升华到一种超人的品德。我认为在这部感人的作品中，尤其令我激赏的是其高尚。人的软弱、无助、颓丧，我们也都熟知了，当今文学揭示起来煞是得心应手。然而，我们尤其需要别人向我们描绘的，则是由紧绷的意志力而达到的这种自我超越。

在我看来，比飞行员的形象更加令人惊叹的，是他的上司里维埃尔的形象。里维埃尔本人并不亲力亲为，而是指挥别人行动，将他的品德传给他的飞行员，最大限度地要求他们，逼使他们勇往直前。他那不容讨价还价的决定，容不得懦弱，稍微失职就要受到他的惩罚。他那种严厉的态度，乍看起来不近人情，未免过分。不过，严厉是针对不足之处，绝非针对里维埃尔要培养的人。从全书的描绘中，我们感到作者由衷的赞赏。我要特别感谢作者阐明了这样一种不合常情的真理，这对我具有一种巨大的心理分析的意义，即人的幸福不是寓于自由中，而体现在接受的一种责任里。本书的每一个人物都赤诚地、全心全意献身于自己应尽的责任，献身于这种危险的任务，唯其完成任务才能获得幸福的安恬。我们也能相当清楚地看出，里维埃尔绝不是麻木不仁（他接纳殉职者的妻子拜访的那一段，读来就无比感人），他发布命令所需要的勇气，并不亚于飞行员为执行命令所必备的勇气。

“为博得别人的爱戴，”他这样说道，“只需表示同情就够了。我不大怜悯，或者把怜悯之心掩饰起来……我对自己的权力，有时也很吃惊。”他还说道：“要爱您领导下的人，但是不要对他们讲出来。”

里维埃尔的主导思想，也同样是责任感：“一种责任的冥冥之感，要大于爱的情感。”人在自身绝难找到终极目的，只是替代与迎合不知什么支配人并以人为生的东西。在这里，我倒乐得重又发现这种“冥冥之感”，正是这种“冥冥之感”促使我笔下的普罗米修斯[①]不合常理地说道：“我不爱人，我爱吞噬人的东西。”这便是一切英雄主义的源泉：“我们的一举一动。”里维埃尔心中暗道：“总好像有什么东西超过了人的生命价值……那是什么呢？”他还思忖道：“也许还存在着别的东西要拯救，而且是更为持久的东西。”“里维埃尔这样工作，也许要拯救人的这个部分吧。”毋庸置疑。

这个时期，英雄主义的概念倾向于排除军队，因为在明天的战争中，男子的英雄气概有可能派不上用场了，化学家们邀请我们预感未来战争的残酷性，我们不正是看到在航空中，最令人赞叹又最有功效地展现勇敢吗？在战争中的英勇无畏，在按指令执勤中就不算了。按照我们通常对勇敢的看法，不断冒着生命危险的飞行员有权获得这种赞誉。圣埃克苏佩里会准许我引用他从前写的一封信，能追溯到为保证卡萨布兰卡和达喀尔之间的邮航，他飞越毛里塔尼亚的时期：

我说不准什么时候，近来几个月工作太繁忙了：寻找失

① 1898年，安德烈·纪德出版了傻剧《没有缚紧的普罗米修斯》。

踪的同事，抢修坠落到有争议地区的飞机，还有几趟达喀尔航班。

最近我又有一个小小的业绩成功了：为了抢救一架飞机，我和一名机械师同十一个摩尔人共度两天两夜。各种各样严重的危险迹象。我头一次听见子弹从我头顶呼啸而过。我终于了解我碰到这种境况会是什么状态：比摩尔人冷静多了。不过，我也理解了一直令我诧异的观点：为什么柏拉图（或者亚里士多德）将勇敢置于品德的最后一级。勇敢不是由多么美好的情感构成的：一点点狂热、一点点虚荣、十分固执和一种庸俗的体育乐趣。尤其人体力量的激发，就跟勇气毫不搭界了。敞开衬衫，叉起胳臂，可以扬眉吐气。这主要是一种快感。这种架势如果是在夜晚拉开，那就未免觉得愚蠢透顶了。我永远也不会赞赏一个一味勇敢的人。

我可以将昆顿[①]的书（我远非总是赞同）凝缩一句格言，作为这段引文的题词：

人勇敢如爱一样，深藏不露。

或者更确切些：

① 勒内·昆顿（Quinton，1866—1925），法国生理学家，他引进了海水浴疗法（昆顿的“海水可以取代血浆”观点）。

勇敢者隐藏起自己的行为，正如好人行善而不留名。他们掩饰自己的举动，或者请求原谅。

圣埃克苏佩里讲述这一切，他无不“了如指掌”。他本人经常面临危险，因而赋予本书一种既真实又难以模仿的意味。有许多凭想象讲述战争或冒险的书，作者有时显露出游刃有余的才华，但是真正的战士或探险家读了，就不免付之一笑。这部作品，除了我同样赞赏的文学价值，也有一种文献的价值，而这两种特质，如此出人意料地交融，更赋予《夜航》它那非同凡响的重要性。

安德烈·纪德

献给狄迪埃·铎拉先生

一

飞机下方，山峦已经在金色的晚照中犁出一道道阴影。平原变得明晃晃的，闪耀着一种不可磨灭的光辉。在这个国度，平原持续不断地反射着金光，而入冬之后，又同样持续不断地反射着雪光。

飞行员法比安装载着巴塔哥尼亚的邮件，从最南端返航，飞往布宜诺斯艾利斯。途中静谧的天空，犹如港湾宁静的水面，但是，他从静止的云海微微泛起的縠皱波纹上，同样看出了夜晚临近了。他恍若驶进一个辽阔的幸运锚地。

他也很可能以为，自己几乎像个牧羊人，在这幽静的空间漫步。巴塔哥尼亚的牧羊人，从容不迫，从一片羊群走向另一片羊群：他从一座城市飞向另一座城市，放牧着这些小城镇。每隔两小时，他都能遇见，有的城镇在河边饮水，有的城镇则在平原上吃草。

在飞越上百千米比海洋还人迹罕至的大草原之后，有时他会偶遇一座孤零零的农舍，仿佛载满芸芸众生的航船，在草原的浪涛里向后驶去。于是，他就摆动机翼，向那航船致敬。

“圣胡利安在望，我们十分钟后降落。”

航行中的无线电报，向这条航线上所有指挥台传递消息。

从麦哲伦海峡到布宜诺斯艾利斯，这条长达两千五百千米的航线上，布列着类似的中途站。但是圣胡利安这个中途站，则处于夜幕边缘，如同在非洲那样，过了这最后一个归顺的镇子，往前就神秘莫测了。

报务员递给驾驶员一张字条：

“暴风雨凶猛，雷电雨声充斥着我的耳机。您是否要在圣胡利安过夜？”

法比安微微一笑。天空宁静，好似一个养鱼缸，而前方所有中途站都向他们指出：“晴空，无风。”

法比安回答：

“继续飞行。”

然而，报务员却认为，暴风雨已经盘踞在什么地方，犹如蛀虫钻进了水果里。夜晚天气可能好，也可能变坏。茫茫的黑夜像要腐烂的水果，他讨厌钻进去。

法比安减速，向圣胡利安降落，这时他感到有点儿疲惫。让人的生活变得温馨的一切景物，逐渐变大迎他而来：他们的房舍、他们的小咖啡馆、他们散步的林荫路。他正像一个征服者，在征战归来的暮晚，俯瞰帝国的大地，发现了世人平凡的幸福。法比安觉得有必要放下武器，照顾一下自己沉重的身体、疼痛的四肢。人穷困，生活也可以很丰富，在这里做个普通人，观赏窗外此后不再变动的景物。即使是一个极小的村庄，他也会接受，有选择的生活之后，现在就可以随遇而安了，能喜欢上这个小村庄：它像爱情那样圈住你。法比安真渴望在这里长期生活，在这里分享自己那份永恒，因为，他度过一个小时的那些小城镇、他穿行而过的那些古墙环抱的花园，在他看来是在他身外持续存在的永恒之物。那村庄朝机组人员迎上来，向他们张开怀抱。法比安便想到友情，想到温柔的姑娘，想到洁白桌布的亲密，想到一切缓慢化为永恒的东西。村庄已经贴着机翼向后流动，展现那些紧闭的花园围墙再也关不住的神秘。不过，法比安着陆之后心中有数，除了几个人在石墙中间缓步走动之外，他什么也没有看到。这个村庄仅凭其静止不动，就守护了自己情感的秘密。这个村庄不肯施予温情，如要赢得这份温情，就必须放弃行动。

中途站停靠十分钟之后，法比安又该起飞了。

他回头望望圣胡利安，只看见一小簇灯火了，继而，几点星光，继而，连最后一次引诱他眺望的那粒尘埃，也隐没不见了。

“仪表盘看不清了，我开灯了。”

他揿了开关，机舱的红灯亮光大大稀释了，没有给指针上色，仅仅映出蓝色的光亮。他伸手靠近一只灯泡，指头也略微着色。

“太早了。”

这工夫，夜色徐徐上升，好似一片浓烟，已经弥漫了山谷。再也分辨不清山谷与平原了。然而，途中的村庄都已点亮灯火，各村的星光掩映呼应。法比安也用手指闪眨着他的航行灯，应答各个村庄。大地布列光亮的呼唤，每户人家都点亮自家那颗星，面对无边的夜色，就像将灯塔的亮光转向海洋。一切遮掩人的生活的东西，已经闪闪发亮了。法比安大为赞赏：这次进入夜空，犹如驶进港湾，既悠缓又顺畅。

法比安把头伸进座舱。镭针开始闪亮了。驾驶员逐一检查数据，感到很满意。他发现自己坐在天空上，稳稳当当。他用手指拂了拂机翼的钢梁，觉出生命在金属中流动：金属件哪里是震颤，而是在生活。五百马力的发动机，让机体产生一种轻微的流动，将冰冷的钢铁变成天鹅绒般的血肉之躯。在飞行中，驾驶员既没有眩晕之感，也没有心醉神迷，而是再一次体验了一个有生命力的肉体神秘的工作。

现在，重又组成一片天地，他舒展筋骨，可以高枕无忧了。

他轻轻敲了敲配电盘，逐个摸了摸开关，挪了挪身子，靠背找好位置，摆出最惬意的姿势，便于感受这五吨的金属机械，在一片波动的夜海上漂浮所产生的晃动。而后，他摸索着将应急灯推到应在的位置，放开手，重又抓住，以确保不会滑动，这才丢下应急灯；再轻轻触摸每根操纵杆，要一抓一个准儿，训练手指不用眼睛就能操纵。等手指熟练之后，他才打开一盏灯，照出装饰座舱的精密仪表，仅仅监视着仪表盘，就仿佛潜水一样进入夜空。随后，看看哪根指针都不摇摆，既不震动，也不颤抖，看看陀螺仪、高程计和发动机的转速都一直稳定，他就稍微伸展一下腰身，脖颈仰靠到座位的皮垫上，开始了航行的这种沉思冥想，玩味一种不可思议的希望。

现在，进入深夜，他作为守夜人，发现夜能够揭示人：这些呼唤、这些灯火、这种惴惴不安。黑暗中这颗普通的星：一户人家的孤单。一颗星熄灭了：一户人家关闭在爱中。

或者关闭在愁闷中。这户人家停止向外界发出信号了。这些农民，臂肘支在桌子上，在灯前不知道自己希望什么：他们不知道，在他们周围弥合的黑沉沉的夜里，他们的渴望能传出那么远。殊不知法比安发现了他们的渴望，这正是他刚从千里之外飞来，还感到海底的涌浪将呼吸的飞机托起又摔下去的时候；正是他穿越十片雷雨区，如同穿过炮火连天的战区，而在雷雨区的缝隙之间还能看到月光下林间空地的时候；也正是他怀着必胜的豪情，一点接着一点超越这些灯光的时候。这些人还以为他们的灯光仅仅照亮粗木桌子，哪里知道离他们八十千米远的地方，有人已经被这灯光的呼唤所触动，恍若看见他们从一座荒岛上，对着大海拼命摇晃着灯盏。

二

巴塔哥尼亚、智利和巴拉圭的三架邮政班机，就是这样从南方、西方和北方返航，飞向布宜诺斯艾利斯。那里正等待运来的邮件，好装上半夜起飞的欧洲航班。

三位驾驶员，每人都坐在沉重如驳船一般的发动机罩后面，隐没在茫茫黑夜里，思考着他们的航行，不知要从雷雨还是晴朗的夜空，缓缓向这座巨大的城市降落，酷似怪模怪样的农民从他们的深山老林走下来。

全航线负责人，里维埃尔，正在布宜诺斯艾利斯机场停机坪上来回踱步。他沉默无语，因为，只要这三架飞机没有返航，这一天对他来说就万分可怕。时间一分一秒地度过，一封封电报陆续送到他手上，里维埃尔逐渐意识到从命运手中夺过来几分运气，减少了未知的份额，能把他这几个机组从夜海中一直拉到岸边。

一名工人走到跟前，向里维埃尔报告无线电台的一条消息：

“智利的邮政航班示意，他们望见了布宜诺斯艾利斯的灯光。”

“好哇。”

里维埃尔很快就听到那架飞机的声音了：黑夜已经放回来一架，正如波涛汹涌而充满神秘的大海将久久冲荡的宝物送到岸边。过不了多久，又能从黑夜接回另外两架飞机了。

到了那时候，这一天才算完事大吉。到了那时候，疲惫不堪的机组人员就要去睡觉了，由精神饱满的机组人员来换班。然而，里维埃尔还根本不能休息：欧洲的邮航班机又该让他担心了。事情总是如此，永远如此。这位老战士不免诧异，他第一次感到疲倦了。飞机顺利到达，从来就算不上那种结束一场战争、开辟和平安宁时代的胜利。对他而言，这向来是跨出的一步，接下去还有类似的百步千步。里维埃尔就觉得很久以来，他挺直双臂举着一个极沉的重物：这种吃力支撑，既不能休息，也没有希望。“我老了……”如果他再也不能单纯从行动中获取营养，他自然就老了。他不禁诧异，现在竟然考虑起自己从未提出过的问题。而且，一大堆始终受他排斥的乐趣，又一齐涌上心头，向他发出轻轻的哀怨：那是一片失去的海洋。“这一切，难道都近在咫尺吗？……”他发觉能让人生变得甜美的东西，他总是一点一点推向晚年，“等他有空闲的时候”。就好像有朝一日，真能有空闲时间似的，就好像到了生命的尽头，人还能获得那种想象中的幸福安康似的。其实，并不存在平安。或许也不存在什么胜利。不存在所有邮政航班最终都能平安到达的事情。

里维埃尔走到勒鲁面前站住。勒鲁正在干活，他是一位老工长了，也同样一干就是四十年，而且干得尽心尽力。直到晚上十点钟，甚至半夜，他才回家，但迎面看到的不是另一个世界：回家不是一种逃逸。里维埃尔冲他微笑，老工长抬起肥大的脸庞，指着一根发青的钢轴说道：“这部件卡得太紧，不过，我还是摆弄好了。”里维埃尔俯身察看钢轴，他又被这种行业吸引住了。“应当告诉车间里的人，这种部件要稍微调松些。”他用手指摸了摸咬刹的磨痕，接着又端详勒鲁，看着这一道道肃穆的皱纹。一个怪问题到了他嘴边，他不由得微笑起来：

“勒鲁啊，您一生中，为爱情费过不少心思吧？”

“唔！爱情，要知道，经理先生……”

“您同我一样，从来就没有那个时间。”

“没费多大心思……”

里维埃尔细听他说话的声调，想分辨这句答话里是否有苦涩的味道：声调并不苦涩。这位老工长回顾过去的生活，觉得心安理得，那种满意的神情，就像刚刚刨完一块光滑木板的细木匠：“瞧，这活儿得了。”

“瞧，”里维埃尔心中暗道，“我的生活也得了。”

他驱散所有这些因疲倦油然而生的感伤的思绪，朝机库走去，因为从智利返航的飞机传来隆隆的吼声了。

三

远处发动机的轰鸣声越来越响了。瓜熟蒂落。信号灯点燃了。红色航标灯勾勒出一座飞机库、几根无线电天线杆、一块方形的场地。张灯结彩要过节。

“在那儿呢！”

飞机已经驶进几盏探照灯的光束中，那么明亮耀眼，跟崭新的一般。飞机终于停在机库前面，机械师和工人们都一拥而上，急忙卸邮件，然而驾驶员佩勒兰却一动不动。

“怎么啦？等什么呢，您还不下来？”

驾驶员正潜心进行某种神秘的运思，不屑于回答。想必他还在聆听渗透他周身的飞行的声响。他慢悠悠地点了点头，身子往前探去，不知摆弄什么机关。终于，他转向头头和同事们，严肃地凝视他们，俨然在检视自己的财物。他似乎在计数、测定、掂量着他们，心想他把他们争到手了，争到手的还有这座节日打扮的机库、这片结实的水泥场地，还有远处的这座城市及其骚动、女人和热度。他把这民众当作臣民，牢牢掌握在自己的巨掌中，可以触摸到、听见并辱骂他们。他头一个念头要臭骂他们一顿，骂他们这么安逸，生活无忧无虑，玩赏着明月，不过，他终归是个厚道人：

“……你们得请我喝酒！”

他这才爬下飞机。

他想讲述一下他这趟航程：

“你们哪儿知道啊！……”

大概认为自己的话够多了，他便走开，去脱掉身上皮制的飞行服。

佩勒兰坐上开往布宜诺斯艾利斯的汽车，看着无精打采的督察员和一声不吭的里维埃尔，他的情绪也低落下来：能摆脱困境，安然无恙回到大地，骂骂大街固然不错。那该多么痛快啊！可是骂过之后，再回味一下，就不免怀疑起来，不知道有什么意思。

在飓风中拼搏，这事儿，至少是真实的，明明白白的。事物的面目则不然，事物自以为单独存在时所摆出的那副嘴脸。佩勒兰心中暗道：

“这就跟翻脸一模一样。有些面孔，才刚刚失色，就陡然变脸了！”

他努力回忆。

当时，他正从容不迫，飞越安第斯山脉。冬季的积雪一片冷寂，沉沉地压在山岭上。在崇山峻岭中，冬雪所营造的这种寂静，犹如废弃的城堡中的岁月。在纵深二百千米的区域，渺无人迹，没有一点生命的气息，也没有人工的凿痕。只有飞机掠过的海拔六千米的陡峭山脊，只有垂直而下的石壁，倒是一个达到极致的清幽世界。

现在到了图彭加托山峰一带……

他略一思索。不错，正是在那里，他目睹了一个奇迹。

只因刚驶进那一带，他什么也没有看到，仅仅觉得不自在，就如同一个人自以为单独一人，却不再孤单，而且有人盯着看。他始终不大明白是怎么回事，等感到自己被一股冲天的怒气所包围，就已经太迟了。就是这样。这股怒气从何而来呢？

他凭什么能够猜测出岩石中、积雪中会渗透出这股怒气呢？因为，周围似乎没有出现任何迹象，也没有任何风暴乘黑云袭来。然而，就地又生出一个世界，与原来的世界略有不同。佩勒兰的心莫名其妙地收紧，观望着这些与世无争的山巅、这些山脊、这些雪峰，略微呈现出灰蒙蒙之色，不料却蠢蠢欲动，宛如一大群人。

虽然无须搏斗，他还是握紧操纵杆。他一时还弄不清，肯定在酝酿什么事变。他全身肌肉绷紧，好似一只要猛扑的野兽。然而，环视周围，丝毫没有不平静的征兆。对，平静，却满载着一种奇异的能量。

继而，一切都尖锐激化了。这些山脊、这些峰巅，全都变得尖削峭拔了，给人的感觉就像船艏一样，扎进罡风里。接着，这些峰巅又似乎围着他打起转来，回旋漂流，好似集结起来准备战斗的巨型战舰。又过一会儿，有一股尘埃掺杂进了空气中，尘埃飘摇轻扬，宛若薄纱，沿着雪坡而上。于是，为防备突发情况，他要找一条退路，回头望去，当即不寒而栗：在他身后，安第斯山脉所有山峰仿佛都骚动起来。

“我这下完了。”

前面一座山峰喷射起积雪，俨然一座喷雪火山。随后，靠右一点儿，第二座山峰也喷发了。就这样，一座接着一座，所有山峰都燃烧起来，就好像有一名无形的赛跑运动员逐个点燃了似的。正是这种时候，随着第一阵气流涡旋，驾驶员四周的山峦都摇晃起来。

猛烈的变动留下极少痕迹，他回想不起来那些把他卷进去的巨大涡流，只记得自己在那灰色的火焰中拼命挣扎。

他思索了一下。

“飓风，倒也不算什么。总还能保住性命。可是在那之前，那是一场什么遭遇！”

在上千张面孔中间，他以为能认出某一张面孔来，不过他已经忘掉了。

四

里维埃尔瞧了瞧佩勒兰。再过二十分钟，佩勒兰就要下车，带着疲倦和迟钝的感觉混入人群。也许他会想到：“真把我累坏了……这种坑人的职业！”面对妻子，他还可能透露点儿心声，譬如：“家里是比安第斯山脉上空舒服多了。”然而，人所特别珍视的那一切，几乎脱离他而去了：他刚刚尝到了那种苦头。他刚刚闯到世界布景的背面度过了几小时，真难说自己还能否再见到灯火中的这座城市。甚至也难说还能否再见到童年那些既烦人又可爱的女友，恢复男人所有那些臭毛病。里维埃尔心中暗道：“人群当中，必有一些不为人注意的人，而他们却是超凡的信使。可是，他们自己却不知道。除非……”里维埃尔害怕某些赞赏者。他们并不理解冒险历程的神圣性，因而赞美起来就歪曲了意义，贬低了人。在这方面，佩勒兰完全保持了他那高尚的品性，只因他比任何人都更了解从某种角度看到的世界的价值，并以笨拙的轻蔑态度拒绝庸俗的赞赏。因此，里维埃尔就这样祝贺他：“您怎么就马到成功了呢？”他爱听这位飞行员朴实地谈论自己的职业，爱听他谈论飞行，就像铁匠师傅讲自己的铁砧。

佩勒兰首先说明，自己的退路被切断了。他简直是在道歉：“因此，没有我择机而行的份儿了。”接下来，他什么也看不见了，大雪晃花了他的眼睛。但是，强大的气流救了他，裹挟他冲上七千米高空。“整个这段航程，估计我始终贴着山脊飞行。”他还提到了陀螺仪，通风口让雪给堵塞了，必须变换位置，“要知道，已经结上冰了。”后来，佩勒兰又遇到另外几股气流，摔了下来，一直跌落到三千米高度，一时弄不明白，怎么还没有撞上什么。原来已经飞到平原了。“这种情况，我进入晴空里，才猛然发觉的。”最后他解释说，当时那一刻，他恍若从一个山洞里钻出来。

“门多萨也有暴风雪吗？”

“没有。我降落时没有风，一片晴空。不过，暴风雪倒紧紧追了我一路。”

他描述这场暴风雪，他说是因为“那景象毕竟非常奇妙”。风暴的顶端高高隐没在雪云当中，而底部则在平原上翻腾，好似黑色的熔岩，吞没一座又一座城市。“我从未见过这种景象……”说罢沉默下来，还为某种记忆所惊骇。

里维埃尔转向督察员：

“这是太平洋上生成的飓风，通知到我们太晚了。这类飓风从不超出安第斯山脉区域。”

“不可能预料到这场飓风会向东推进。”

督察员完全外行，只能点头附和。

督察员似乎拿不定主意了，朝佩勒兰转过身去，喉结移动了一下，终究还是没有开口。他经过思考之后，又恢复他那忧郁的庄严神态，目光直视前方了。

他走到哪里都带着这副忧伤，如同随身带着一件行李。他应里维埃尔的召唤，要处理一些事务，昨天才抵达阿根廷。他长着一双大手，又得保持督察员的尊严，不免时常尴尬。无论奇思异想，还是冲动激情，他都无权赞赏，只能从本职出发，称赞航班准时。他也无权同别人一起喝酒，跟别人称兄道弟，或者贸然讲一句双关语笑话，除非在同一个中途站碰见另一位督察员，而这种情况可是千载难逢。

“当个法官，”他心中暗道，“可真难啊。”

老实说，他并不审理，只是点点头。他什么也不了解，无论碰到什么问题，总是不慌不忙地点头。这种举动倒让心怀鬼胎的人慌神儿，有助于各种设备的保养。他不大受人爱戴，因为设置督察员这个职位，并不是为了爱的乐趣，而是为了打报告。里维埃尔曾写道：“我们请罗比诺督察员提供报告，而不是诗歌。罗比诺督察员一定能充分利用他的权限，激励员工的工作热情。”从那以后，罗比诺就改弦更张，不再建议新的工作方法和技术问题的解决办法了。从此，他就像对待自己每天的面包那样，一心一意关注人员的工作疏忽，关注饮酒的机械师、度过不眠之夜的机场经理、降落时驾机蹦跳的飞行员。

里维埃尔这样评价他：“人不太聪明，因而能做出大贡献。”里维埃尔确定的一条规则，对里维埃尔而言是了解人，可是到了罗比诺这里，就只存在了解规则了。

“罗比诺，”里维埃尔有一天对他说，“凡是推迟起飞的航班，您就应该干掉准时奖金。”

“即使是因为不可抗拒的力量？即使是因为大雾？”

“即使是因为大雾。”

为有这样一位强势的领导，罗比诺感到几分自豪，不必担心受到不公正待遇了。就连罗比诺本人，也能从一种如此咄咄逼人的权力中汲取几分威严。

后来，他对机场经理经常重复这样的话：“你们规定六点一刻起飞，我们不能发给你们奖金。”

“可是，罗比诺先生，到五点半的时候，能见度还不到十米呢！”

“这是规则。”

“可是，罗比诺先生，我们总不能扫除大雾啊！”

而罗比诺便缩回他那种讳莫如深的态度里了。他是领导班子的成员。大家都忙得团团转，唯独他懂得通过惩罚人来改善准点率。

“他什么也不考虑，”里维埃尔这样评价他，“这倒让他免得想歪了。”

一名驾驶员如果摔坏了飞机，那他就损失了无损坏奖。

“可是，飞机若是出故障，落到树林上面呢？”罗比诺询问。

“落到树林上也一样。”

于是，罗比诺就奉为圭臬。

“我很遗憾，”后来他十分陶醉地对飞行员说，“我甚至万分遗憾，不过，出故障，也得到别的地方。”

“可是，罗比诺先生，这也不是能选择的呀！”

“这是规则。”

“规则，”里维埃尔心想，“就像一种宗教的仪式，看似很荒唐，却能造就人。”里维埃尔根本不在乎显得公正不公正。对他来说，这种话也许就没有意义。小城镇的那些小市民，晚上就围着露天音乐台打转转，里维埃尔不免想到：“对他们来说公正不公正，并没有意义：他们不存在。”在里维埃尔看来，人就是用来揉捏的一块生蜡，必须给这种物质提供一个灵魂，创造一种意志。他并不打算用这种强硬态度奴役他们，而是激发他们超脱自身。他这样不分青红皂白惩罚晚点，如果说处理不公的话，他却把每个中途站的意志引向准点起飞：他创造了这种意志。他不允许别人庆幸天气不好，仿佛天要休息，要他们时刻待命，而等待则暗暗羞辱人，连最普通的工人也不放过。正因为如此，雾霾天空稍有点儿空当，就能抓住了。“北方有豁口儿，出发！”多亏了里维埃尔，在一万五千千米的航线上，邮政航班比什么都受崇拜。

里维埃尔有时就这样说：

“这些人感到幸福，因为他们喜爱自己所做的事儿，而他们喜爱自己的工作，也是因为我严格要求。”

他也许让人吃了苦头，但是也给予他们极大的快乐。

“必须把他们推向一种艰苦卓绝的生活，”里维埃尔心中暗道，“饱尝其中的苦乐，但是唯独这种生活才值得。”

汽车进了城。里维埃尔让司机把他送到邮航公司的办公室。车上只剩下罗比诺和佩勒兰，罗比诺看着对方，开口要说话。

五

然而今天晚上，罗比诺颇为气馁。他面对胜利返航的佩勒兰，刚刚发现自己的生活一片灰暗。他尤其发现了他，罗比诺，尽管有个督察员的头衔及其权威，但是论价值，却比不上这个疲惫不堪、闭着双眼、两手油污、蜷缩在汽车角落的汉子。罗比诺赞赏人，有生以来这还是头一遭。他需要讲出来，尤其需要赢得一个人的友谊。他厌倦了旅行和白天所受的挫折，也许还感到自己颇为可笑。今天傍晚时分，他核实汽油库，就计算得一团糟，甚至连他有意突袭找过错的那个保管员，也可怜起他来，替他算清楚了。特别出丑的是他弄混了 B6 型和 B4 型油泵，批评了 B6 型油泵的安装方式，而那些机械师也够阴的，长达二十分钟之久，听任他痛斥这种“绝对不可原谅的无知”，即他本人的无知。

他也害怕自己下榻的旅馆的客房。从图卢兹到布宜诺斯艾利斯，他下班之后，铁定要回到客房，关起门来，怀着满腹难言之隐，从手提箱里取出一沓公文纸，开始磨磨蹭蹭地写“报告”，胡乱写了几行，又全撕掉了。他多么希望能把航空公司从巨大的危险中拯救出来，然而公司不存在任何危机。迄今为止，他也没有做出什么功绩，只拯救了一个生了锈的螺旋桨桨毂。他哭丧着面孔，当着一位机场经理，用手指缓慢地来回蹭着锈斑，而那位经理却回敬他一句：“这架飞机刚刚飞到，您去查问上一个中途站吧。”罗比诺不禁怀疑起自己的角色。

他想要接近佩勒兰，试探着问道：

“您愿意同我共进晚餐吗？我很想聊一聊，我干的这行，有时候还真够受的……”

紧接着订正一句，以免屈尊降格显得太突兀：

“我担当的责任太重了。”

下属不大喜欢罗比诺进入他们的私生活，每人都这样想：

“他要写报告，如果还没有找到什么材料，饿极了非把我吃掉不可。”

不过，今天晚上，罗比诺只考虑自己的苦衷：他浑身起了湿疹，奇痒难忍，这是他唯一真正的隐情，他早就想跟人讲讲，博得同情，既然在高傲中毫无慰藉，就只好不顾面子去寻求了。他在法国也有一个情妇，回国共度良宵，就对情妇讲述他视察的情况，卖弄卖弄，好让情妇在惊叹之余对他生几分爱意，谁料适得其反，人家却怨恨他了。于是，他就觉得有必要谈谈他的情妇。

“怎么样，您同我共进晚餐吗？”

佩勒兰为人宽厚，便接受了。

六

里维埃尔仍然穿着大衣，戴着帽子，总像个永远在旅途上的行客。他走进布宜诺斯艾利斯办公室的时候，秘书们正在打瞌睡。他那花白头发，衣着又没有个性，走到哪里都不显眼，再加上个头儿矮小，经过时带不起什么风，几乎没人发觉。然而，他那股洋溢的热情却能激励人。秘书们都活跃起来，办公室主任紧急查阅新来的材料，打字机也都嗒嗒嗒作响了。

话务员将插头插入交换机，并将电报记录在厚厚的本子上。

里维埃尔坐下来看记录。

智利的航班经受了考验之后，里维埃尔重读了这幸运一天的故事——事情都自行解决了，航班经过一个一个中途站，拍发出来的全是简明的捷报。巴塔哥尼亚返航的邮班行进的速度很快，赶在了时刻表的前面，只因南风劲吹，强大的气流向北推进，有利于飞行。

“把气象材料递给我。”

每座机场都炫耀那里天清气朗，能见度高，风力不大。金灿灿的黄昏笼罩了美洲大地。里维埃尔欣喜万物的这种火热的气氛。这架邮政航班，正在夜空的险途中搏斗，但是一定会有惊无险、平安返航。

里维埃尔推开了记录本。

“还行。”

里维埃尔离开时，又扫了一眼值夜班人员，他们正在监视着半个世界。

里维埃尔停在一扇敞开的窗户前，理解了黑夜。黑夜囊括了布宜诺斯艾利斯，而且像一个无边的窟窿，也囊括了整个美洲。这种宏大之感，他并不觉得诧异：智利圣地亚哥的天空，固然是一片陌生的天空。然而，邮政航班一旦飞往智利圣地亚哥，从始发点到终点的整个航线，我们就生活在同一个深邃的穹隆之下了。就在此刻，有人在无线电耳机中监听另一架邮政班机的音讯时，巴塔哥尼亚的渔民可能望见了那架飞机闪光的航行灯。一架飞行中的班机所引起的不安，在重压着里维埃尔的同时，也携带着隆隆的马达声，照样沉沉压向那些首都和各省地区。

这个夜晚如此晴和，里维埃尔满心欢喜，他不免回想起那种混乱的夜晚，当时他觉得飞机深陷险境，极难救援了。大家从布宜诺斯艾利斯无线电站的声波中，追踪那架飞机搅着暴风雨杂音的呻吟。无线电波最美妙的乐曲，隐没在铺天盖地的浑浊嘈杂声中了。一架邮政班机，好似盲目发出的箭，射向黑夜的重重障碍，吟咏出的小调该是多么悲哀！

里维埃尔认为，在迎候班机的夜晚，督察员应该守在办公室里。

“派人去把罗比诺给我找来。”

罗比诺就要同一名飞行员交上朋友了。回到旅馆，他当着飞行员的面，打开了自己的手提箱，展现出来的日常琐碎用品，表明督察员同常人差不多：几件毫无品味的衬衫、一套梳洗用品，还有一张清瘦女子的照片，由督察员用图钉钉在墙上。他就这样向佩勒兰坦吐了他的需求、情感和遗憾。他这些宝贝胡乱排列，从而在飞行员面前展示了自己的困苦。精神上也患了湿疹。他在展示自己的牢狱。

不过，对所有人来说，都存在着一线光明，罗比诺也不例外。他从箱底掏出一只精心包扎的小口袋，就感到了极大的欣慰。他一言不发，抚摩了许久，双手终于放开了小口袋。

“这是我从撒哈拉带回来的……”

督察员敢于如此开诚相见，佩勒兰不禁脸红了。督察员遭遇的种种挫折、婚姻的不幸、生活现实的一片灰暗，就从这些黑灰色小石子上得到安慰，正是这些石子为他打开一扇通往神秘世界之门。

他的脸又红了一层。

“在巴西也能找见同样的石子……”

这时，佩勒兰拍了拍俯身神游虚无缥缈世界的督察员的肩膀。

出于谨慎，佩勒兰问道：

“您爱好地质学吗？”

“酷爱。”

在现实生活中，唯独石子对他是温存的。

有人来呼唤的时候，罗比诺神色不禁黯然，不过随即又变得庄重起来。

“我只好同您分手了。里维埃尔先生要我去商议几个重要决定。”

等罗比诺走进办公室的时候，里维埃尔早已把他置于脑后了。他正沉思，凝视着墙上挂的用红线标出的航邮网的一张地图。督察员等待他发命令。过了好一阵，里维埃尔头也不回就问他：

“罗比诺，您怎么看这张地图？”

他从沉思中醒来，有时就好提一些莫名其妙的问题。

“这张地图吗，经理先生……”

老实说，督察员没有任何看法，但是他却一本正经地注视着地图，以督察员的眼光统观欧洲和美洲。况且，里维埃尔只顾继续沉思，并不跟罗比诺谈自己的看法：“这张航邮网的面目，既美丽又严峻，让我们许多人，许多年轻人付出了生命的代价。现在，这张网已具规模，确立起来，但是也给人提出多少难题！”不过，在里维埃尔看来，目的高于一切。

罗比诺站在他身旁，眼睛始终直盯着面前的地图，他慢慢又挺起了身子，从里维埃尔那儿就指望不上丝毫怜悯。

倒是有那么一回，他想碰碰运气，承认他这可笑的湿疹毛病把他的生活搅得一团糟。里维埃尔却回答他一句俏皮话：“这毛病如果妨碍您睡眠的话，总还能激发您的活力。”

这句俏皮话半真半假。里维埃尔总好下这样的断语：“一位音乐家失眠，如果能促使他创作出美妙的乐章，那就不失为美妙的失眠了。”有一天，他指着勒鲁对罗比诺说：“您瞧瞧这样子，多英俊啊，这种排斥爱情的丑陋……”勒鲁身上所有出众之处，也许全亏了他天生的尊容，正是这副尊容，将他的生活压缩为职业生涯了。

“您同佩勒兰的关系很密切吧？”

“哦！……”

“我并不是责备您。”

里维埃尔转过身去，低垂着头，踏着碎步走着，也拖着罗比诺同他一道走。他嘴唇泛起一丝苦笑，罗比诺却不明白是何缘故。

“只不过……只不过，您是头儿。”

“是的。”罗比诺应了一声。

里维埃尔心想正是这样，每天夜晚，天空里就会集结一个悲剧似的事件。意志稍一放松，就可以导致失败，从现在起到天亮，也许还得连续拼搏。

“您应该保持自己的身份。”

里维埃尔一板一眼，强调这句话。

“也许明天夜晚，您就命令这名飞行员启程，去执行一项危险的飞行任务：他必须服从命令。”

“是的……”

“您几乎掌握着这些人的生死，掌握着一些比您有价值的人的生死……”

他略显犹豫。

“这事，这可事关重大。”

里维埃尔一直踏着碎步，他沉默了几秒钟。

“他们若是出于友情服从命令，那您就是欺骗了他们。您个人无权要求他人做出任何牺牲。”

“是的……当然了。”

“还有，他们若是以为仗着您的友谊，就能免掉一些苦差事，那您也是欺骗了他们。不管怎样，他们必须服从。请您坐那儿吧。”

里维埃尔用手把罗比诺轻轻推向他的办公桌。

“我这就把您放到自己的岗位上，罗比诺。您若是感到疲倦了，可不能向这些人寻求支持。您是头儿。您的软弱表现就未免可笑了。您写吧。”

“我……”

“您就这样写：‘督察员罗比诺出于什么缘由，给飞行员佩勒兰处以什么惩罚……’您可以随便找个什么缘由。”

“经理先生！”

“写吧，罗比诺，就当您理解了。要爱您领导下的人，但是不要对他们讲出来。”

罗比诺劲头又十足了，可以吩咐人去擦拭螺旋桨桨毂了。

应急机场从无线电通告：“飞机在望。飞机发出信号：‘减速，准备着陆。’”

恐怕还要耽误半小时。里维埃尔有体会，当特快列车临时停车时，就会感到心情急躁，时间一分一分流逝，却不见向后退去的一片片田野。时钟的大针现在跨越一片盲区：在圆规的这个跨度，本来可以容纳许多事件。里维埃尔走出办公室，转移一下焦急等待的心情，望黑夜空空荡荡，犹如一座没有演员的剧院。“多好的夜晚，就这样浪费过去！”他愤然眺望窗外晴朗的夜空、满天的星斗，这神妙的灯标系统，还有这月亮，空度良宵的黄金时光。

不过，对里维埃尔来说，等赴欧洲的飞机一起飞，这又是个令人激动的美丽夜晚了。这夜晚的腹心负载着生命。里维埃尔十分关切。

“你遇到了什么天气呢？”他让人询问机组人员。

十秒钟过去了。

“天气很好。”

继而，又传来飞越的几个城市名字。而在里维埃尔看来，这就是在这场战斗中，攻陷的一座座城池。

七

巴塔哥尼亚邮政班机上的报务员，一小时之后，就好像觉得被一个肩膀徐徐托起来。他扫视周围，周围乌云密布，遮蔽了星光。再俯瞰大地，搜寻乡村的灯火，类似草丛中萤火虫的光亮，然而，这片草原黑乎乎一片，不见一点闪亮的踪影。

他感到沮丧，隐约看到一个艰难的夜晚：行进，退后，占据的地盘又丢掉。他真不理解驾驶员采取的是什么战术，总觉得就要撞上一堵墙似的厚厚的黑夜。

现在，他望见前面地平线上，一点闪亮似有若无，仿佛铁匠炉的火光。报务员捅了捅法比安的肩膀，可是驾驶员一动也不动。

远方暴风雨的涡流风头，开始袭击飞机了。金属机身缓缓地被托举起来，挤压着报务员的肉体，继而，又似乎化为乌有，消融了，而有几秒钟的工夫，他就无依无托，独自漂浮在夜空里。于是，他双手便紧紧抓住钢铁的翼梁。

除了座舱的那盏红灯，就再也看不见任何东西了，因而他不寒而栗，就觉得自身坠入黑夜的腹心，孤立无援，仅仅受一盏矿灯的护佑。他想问又怕打搅，不知驾驶员做何决定，只好紧紧抓住钢铁的翼梁，身子往前探，注视着驾驶员幽暗的脖颈。

灯光幽幽，仅仅浮现出一动不动的驾驶员的脑袋和肩膀。他的形体完全成为一团黑影，稍微靠向左侧，直面对着暴风雨，每道闪电都冲刷他的脸。但是他那张面孔，报务员什么也看不见。为了迎击一场风暴，所有情绪都聚到他这张脸上：这种负气、这种意志、这种愤怒。在这苍白的面孔和那边短促的闪电之间，相互交流的所有本质的东西，对报务员来说，始终是深不可测。

不过，他还是能推测出来，这静止不动的身影中所凝聚的力量。他所喜爱的这种力量，在维护他的同时，无疑也将他带向暴风雨。那双手紧握着操纵杆，无疑已经压向暴风雨，如同按住一只野兽的颈项，而那副运足力量的肩膀岿然不动，让人感到那深厚的蓄力。

报务员心想，毕竟驾驶员担负责任。现在，他是骑在驾驶员的马背上，品味着眼前这个幽暗的身影所体现的沉甸甸的质感和恒久性，一同冲向大火。

左侧，又有一个火炉发光了，微弱的光宛如一座闪光灯塔。

报务员轻轻抬手，触了触法比安的肩膀，提示他一下，可是，他却看见法比安扭头直视那新的敌人，长达好几秒钟，然后才缓缓地恢复原先的姿势。那副肩膀始终岿然不动，那脖颈靠在皮椅上。

八

里维埃尔出来走一走，想消除重又袭上心头的烦躁情绪。他这个人，只为行动，只为一种戏剧性的行动而活着，现在却感到奇怪，戏剧性在转移，变为他个人的事了。他认为小城镇的小市民，围着他们的露天音乐台所过的那种生活，表面上很安静，有时也充满戏剧性，诸如病痛、爱情、丧事，而且，也许……他本人的心病也教会他许多事情。“这就打开了好几扇窗户。”他想到。

继而，快到夜里十一点钟，他呼吸舒畅了一些，便朝办公室走去。他微微晃动肩膀，缓慢地分开聚在电影院门前的人群。举目仰望星空，只见星光洒在狭窄的街道上，几乎被明亮的广告给抹掉了，他不免心想：“今晚有我两架邮航飞机在飞行，整个天空我都要负起责任。这颗星就是一个信号，它在人群中寻找我，终于找见了。因此，我真觉得有点儿局外之感，有点儿孤寂。”

这工夫，一个乐句又在他的耳畔回旋，那是昨天他和几位朋友一起欣赏的一首奏鸣曲的几个音符。他的朋友不理解：“这种艺术，我们听着无聊，您也无聊，只是您不承认罢了。”

“也许吧……”当时他回答道。

那时，他就像今天晚上这样，感到有点儿孤独，但是很快就发现了这种孤独的丰富内涵。那支乐曲的信息，携着一种神秘的温馨，重又回荡在他的耳畔，在芸芸众生中，独独眷顾他这个人。那颗星的信号正是如此，在多少人的头顶对他讲话，讲一种唯独他听得懂的语言。

走在人行道上，挤挤插插，他不禁又想道：“我不会感到恼火。我就像有一个病孩的父亲，小碎步走在人群中，背负着自己家庭的那份沉寂。”

他抬眼望望人群，想从中极力辨认出怀着发明，或者怀着爱情漫步的人，同时联想到灯塔看守者的孤独。

他喜欢各个办公室的肃静。他缓步穿过一间又一间办公室，周围唯有他的脚步声。打字机盖着布罩睡大觉。卷宗排列整齐，大档案柜柜门都关好。十年的探索和劳动成果。忽然萌生一个念头——他这是参观一家银行的金库，地下室堆满了财富。他心中暗道，这些登记簿每一本积累的价值都超过黄金：一种生机勃勃的力量。既生机勃勃，又在沉睡的力量，犹如银行地库里的黄金。

他走到某处，可能碰见唯一值班的秘书，一个人在那儿工作。为使生活持续不断，意志持续不断，就这样，一个中途站连着一个中途站，从图卢兹到布宜诺斯艾利斯，链条永远也不会中断。

“这个人不知道自己多么伟大。”

邮航班机在某个地方搏斗。夜航在持续，好似一种疾病，夜晚必须守护。必须协助这些人——他们用双手和双膝，胸膛顶着胸膛，正在迎击黑夜。他们什么也辨认不出来，什么也不认识了，眼前只有活动而无形的东西，必须依靠盲目的臂力摆脱，就像汹涌澎湃的海洋中摆脱出来一样。有时候，讲句实话该有多么骇人：“我照亮了双手才看得见……”双手沐浴在摄影师红色灯光里，仅仅显示出天鹅绒的质地。这就是世界存留下来的，必须拯救的东西。

里维埃尔推开开发部办公室的门。只点着一盏灯，在一个角落创造出一片光明。只有一部打字机发出嗒嗒的声响，不是添补寂静，而是赋予一种意义。电话有时响起颤抖的铃声，值班秘书便站起来，走向那固执重复的悲凄的呼唤。他拿起听筒，于是那无形的惶恐就释然了，变成在幽暗的角落里的一场非常惬意的对话。继而，值班秘书若无其事，回到自己的办公桌，脸上的孤独和睡意的表情，锁住一种讳莫如深的秘密。两架邮航还在飞行的时候，来自外面夜空的这种呼唤，会报来什么威胁呢？里维埃尔联想到那些触及晚上聚在灯光下的家庭的电报，继而又联想到不幸的消息，而在近乎永恒的静止的几秒钟，这不幸还是停留在父亲脸上的一个秘密。首先传来微弱的电波，从那么遥远的地方发出的呼喊，又那么平静。而每一次从这审慎的电话铃声中，里维埃尔总能听到电波微弱的回声。同样，每当这位因孤独而动作变得像游泳那样迟缓的秘书，从阴影中返回灯光下，犹如潜水者浮上水面的时候，里维埃尔就觉得他的举动沉积着秘密。

“您别动，我去接。”

里维埃尔拿起听筒，接收到外界的嘈杂声响。

“我是里维埃尔。”

一阵微弱的纷乱之声，接着，一个声音说道：

“我给您接上无线电站。”

又一阵纷乱的声响，是插头插进电话交换机的响动，随后，另一个声音说道：

“这里是无线电站，我们向您转达收到的电文。”

里维埃尔记录下来，同时频频点头：

“好……好……”

没有什么重大的情况，是些例行的公文：里约热内卢询问一件事，蒙得维的亚谈到天气，而门多萨涉及物资。无非是家常琐事。

“邮航班机怎么样？”

“正遭遇暴风雨。我们听不见飞机的信号。”

“好吧。”

里维埃尔心想，这里夜空澄净，星光灿烂，可是，那边的无线电报务员却在同一个夜空中，发现了遥远暴风雨的气息。

“回头见。”

里维埃尔起身，秘书则走过来，对他说道：

“值班记录，先生，请您签个字……”

“好的。”

里维埃尔发觉，自己对这个人怀有深挚的友谊，因为他也承担着黑夜的重负。“一位战友，”里维埃尔心中暗道，“恐怕他永远也不会了解，这次值夜班多么紧密地把我们团结在一起。”

九

里维埃尔双手捧着一摞文件，又回到自己的办公室，恰好这时，他感到胸部左侧一阵剧痛：这毛病折磨他已有几周了。

“不妙……”

他靠墙站了一秒钟。

“真有点儿可笑。”

接着，他坚持挪到自己扶手椅上。

他再次感到，自己如同一头衰老的狮子，动弹不得了，内心不禁万分怆痛。

“过分劳累，结果累垮啦！我才五十岁，五十年我就填满了一生。我成长起来，奋斗拼搏，也扭转过事态的进程。可是现在，却是这毛病占据我、填满我，重要性超过了整个世界……这太可笑了。”

他等了等，擦了一把汗，疼痛终于缓解，便又开始工作。

他细细地审阅文件。

“我们在布宜诺斯艾利斯看到，在拆卸301型发动机的过程中……我们拟给予该负责人以严重处分。”

他签了字。

“佛罗里亚诺包利斯中途站没有遵循指令，因此……”

他签了字。

“我们将给予机场场长理查德纪律处分，调动工作，因其……”

他签了字。

后来，胸部侧面疼痛已经麻痹了，不过，在他身上是一种新的存在，仿佛生命新添一种意义，逼使他考虑自身，想想颇感苦涩。

“我究竟公正不公正呢？不得而知。如果我施以惩罚，事故就减少。负责者，不算是人，而像一种模糊的力量，如果不触及所有人，就永远也触及不到。如果我非常公正的话，那么每班夜航都可能有伤亡。”

他多么艰苦卓绝，开辟了这条航线，却忽然产生了某种厌倦，心想怜悯毕竟是好事。他一直翻阅着公文，神思却徜徉在梦乡。

“至于罗布莱，自今日始，他就不再是我们的工作人员了。”

他眼前又浮现那位老人家，以及那天晚上的谈话：

“一个事例，有什么办法，这是一个儆戒别人的事例。”

“可是，先生……可是，先生……一次，就这一次，您想想啊！我这可是干了一辈子呀！”

“必须惩一儆百。”

“可是，先生……您瞧瞧啊，先生！”

这时，那个破旧的皮夹子和那张旧报纸，又出现在他的眼前，报上刊登了年轻的罗布莱站在飞机旁边的照片。

里维埃尔看到一双衰老的手，颤抖地指着这张纯朴的荣誉奖状。

“这是1910年的事儿，先生……这是我，在这里，组装起了阿根廷的第一架飞机。从1910年起，就干起航空这行……先生，算起来有二十年啦！因此，您怎么能说……先生，那些年轻人，他们在车间里，会怎么笑话呀！噢！他们一定会笑话死人的！”

“这个嘛，这我不管。”

“还有我的孩子，先生，我有孩子呀！”

“我给您说过了：我给您一个普通工的岗位。”

“我的资格呢，先生，我的资格呢？想一想，先生，航空这行我搞了二十年，像我这样一个老工人……”

“一个普通工人。”

“我不干，先生，我不干！”

他那双衰老的手在发抖。里维埃尔移开目光，不再看那起了皱纹、厚实而好看的肌肤。

“当普通工人。”

“不，先生，不……我还要对您说……”

“您可以走了。”

里维埃尔心想：“我这么粗暴，辞退的不是他，而是事故祸害，事故也许不该由他负责，但是通过他发生的。”

“就因为事件，是由人指挥的，”里维埃尔又想到，“事件服从人，由人创造出来。而人也是可怜虫，同样由别人创造出来。换句话说，当事故通过他们发生时，就要把他们抛弃了。”

“‘我还要对您说……’这个可怜的老头儿还要说什么呢？说别人剥夺了他老年的欢乐吗？说他爱听用工具敲打钢铁机身发出

的声响吗？说别人剥夺了他生活中的崇高诗意，然后……还怎么活下去呢？”

“我疲惫不堪了。”里维埃尔想到，体温在柔和地上升。他轻轻拍打那张纸，又想道：“这个老伙计的面孔，我一直还是很喜爱的……”那双手又浮现在眼前，里维埃尔想到那双手合拢时的细微动作。只要说一句：“好吧，好吧，您就留下来吧。”就皆大欢喜了。里维埃尔想象那种喜悦如同暖流，会涌入那双衰老的手掌。由那双工人的老手，而不是由那张脸所能表现，或者即将表现出来的欢喜，在里维埃尔看来才是世间最美的事。“这份材料，我要不要撕掉呢？”想想这老人的家庭，想想他晚上回家的情景，以及那张朴实的自豪的奖状。

“要不，就把你留下？”

“瞧瞧！瞧瞧！阿根廷第一架飞机，可是我组装的呀！”

这样，年轻人就不再笑话了，老人争回了威信。

“我撕不撕呢？”

电话铃声响起，里维埃尔摘下听筒。

等了好一会儿，才听见这种回响，由风和空间给人类声音带来的深邃之声。终于有人说话了：

“这里是机场。谁在接电话？”

“里维埃尔。”

“经理先生，650号班机驶进跑道。”

“好。”

“总之，一切就绪。不过，在最后时刻，电路接触不良，我们只好重新拉了一条。”

“好。原先的电路是谁安装的？”

“我们会查清的。如果您准许的话，我们要给予惩罚：航标灯出了故障，会造成严重后果！”

“当然了。”

里维埃尔心中暗道：“祸根不除，无论在什么地方碰到，信号灯就会发生故障。碰巧发现祸患的工具而轻易放过，那就是犯罪。罗布莱还得走人。”

秘书什么也没有看到，还一直在打字。

“这是什么？”

“半月的账目。”

“为什么还没有做好？”

“我……”

“再说吧。”

“好奇怪呀，事件的势头这么盛，显示出这么强大的无形力量，酷似原始森林蓬勃的生机，各处蔓延，在伟大的事业周围不断生长壮大。”里维埃尔联想到那些神庙，因爬满了小小的藤蔓而塌毁了。

“一桩伟大的事业……”

他为了确立信心，又这样想道：“所有这些人，我全喜爱。我打击的不是他们，而是通过他们作祟的东西……”

他的心跳加速，感到难受了。

“不知道我的所作所为好不好。我不了解人生的确切价值，也不了解公正、忧伤的准确意义。我说不准一个人的快乐价值几何，也说不准一只颤抖的手、怜悯、温情的分量有多重……”

里维埃尔陷入沉思：

“生活矛盾重重，人只能想方设法对付生活……不过，要持续，要创造，要替换自己有限之躯……”

里维埃尔思索着，继而叫了电话。

“打电话给飞往欧洲的邮航飞行员，让他行前来见我。”

他心下暗想：

“这架邮航班机行至中途，千万不要白白折回来。我若是不调动起手下人，那么黑夜总会让他们惴惴不安。”

十

飞行员的妻子被电话铃声吵醒，她瞧了瞧丈夫，心想：

“还是让他多睡一会儿吧。”.

她爱怜地欣赏这副呈流线型的袒露的胸脯，联想起一条漂亮的船。

丈夫睡在这宁静的床上，好似停歇在港湾，妻子绝不让什么打扰他的睡眠，连床单的这条褶皱，都要用手指抚平，抹去这阴影，如同用神指抹平海上的涌浪。

她起身去打开窗户，迎面吹来夜风。这间屋居高临下，能俯瞰布宜诺斯艾利斯。毗邻的房舍正在跳舞，随风飘来几段悠扬的乐曲，只因这是娱乐和休息的时刻。这座城市将居民塞进十万座城堡里，一切都那么平静，那么安稳。然而，这个女人却觉得就要有人大喊一声“拿起武器”，而且只有一个男人，即她的男人会应声而起。她的男人还在休息，但这是预备队投入战斗前的那种可怕的休息。这座城市已经入睡，不会保护他，这个年轻的神一旦从这片光尘中腾空而起，全城的灯火对他就毫无意义了。妻子凝视着这两条结实的胳臂，再过一小时，这双胳臂就将掌握欧洲邮航班机的命运，担负起某种伟大的事业，譬如负责一座城市的命运。她不免心慌意乱。在数百万男人当中，只有这个男人准备做出这种奇特的牺牲。她为此感到悲伤。这个男人也就此脱离她的温存。她曾给他做好吃的好喝的，百般照顾并爱他，不是为了他本人，而是为了要把他拉走的这个夜晚。为了什么搏斗，为了焦虑不安，为了胜利，而这些她一概不知就里。这双温柔的手仅仅接受驯养，它们的真正工作却神秘莫测。她熟悉这个男人的微笑、情人般的体贴，却不了解他在暴风雨中那种神圣的愤怒。她用种种绳索——音乐、爱情、鲜花的绳索拴住他，然而，每到出发时刻，这些看似他受束缚而并不感到痛苦的绳索，却纷纷脱落了。

他睁开了眼睛。

“几点钟了？”

“半夜十二点。”

“什么天气？”

“不知道……”

他起身，伸着懒腰，缓步走向窗户。

“看来我不会太冷。什么风向呢？”

“我怎么会知道呢？”

他探出身子：

“南风，好极了。至少到巴西，会一直刮南风。”

他注意到月亮，预测这次会很圆满。接着，他垂下目光，观看市区。

他认为这座城市既不温馨，也不明亮，也不温暖。他已经看到全城灯火像沙尘一样流散。

“你想什么呢？”

他想到阿雷格里港那一带可能有雾。

“我心里有谱，知道怎么绕过去。”

他一直俯着身子，深深呼吸，就好像全身一丝不挂，准备纵身投入大海似的。

“你一点儿也不难过……你这一走，要多少天啊？”

八天、十天，他也说不准。难过吗？不会，为什么难过呢？那些原野、那些城市、那些山脉……他自由出发，仿佛就去征服那些地方。他还想到一小时之内，他就将占有，然后再抛弃布宜诺斯艾利斯了。

他微微一笑：

“这座城市……我很快就会远离而去。夜间起飞很痛快。加油杆一拉，面朝南，十秒钟之后，景物掉了个头儿，朝北飞行，这座城市就完全化为一片海底了。”

妻子则想到，他去征服所必须抛弃的这一切。

“你不喜爱你这个家吗？”

可是，他妻子已经感到他踏上征程，这副宽阔的肩膀已经同天空抗衡了。

她指着天空让他看。

“你碰上了好天儿，你这一路布满了星星。”

丈夫笑了：

“是啊。”

她抬手搭在这副肩膀上，温暖之感令她激动——这副骨肉之躯会有危险吗？……

“你很强壮，但是也得小心谨慎！”

“小心谨慎，当然了……”

他又笑了。

他穿上衣服。这是个节日，他挑选了最粗糙的布衬衣、最沉重的皮外套，那副打扮像个农民。他越是变得笨重，就越赢得妻子的欣赏。妻子亲自动手帮他扣好皮带，穿上靴子。

“这双靴子挤脚。”

“给你换一双。”

“给我找根绳子，好系住我那应急灯。”

妻子端详他，亲手给他这身披挂调整好最后一点瑕疵。全都妥帖了。

“你非常英俊。”

妻子看见他细心地梳头。

“是给星星看吗？”

“我不愿意产生衰老之感。”

“我真有点嫉妒……”

他又笑了，抱住妻子，紧紧搂在他那笨重的衣服上，然后伸臂将她举起来，如同举起一个小姑娘，他还一直笑着，将她放倒在床上。

“睡吧。”

他随手关严了房门，来到街上，在不可知的夜生活的人群中，跨出他征战的第一步。

妻子躺在床上，黯然神伤，看着这些鲜花、这些书籍、这种温馨，而对他来说，这一切全化为一片海底了。

十一

里维埃尔接待他：

“您上次出航，跟我开了个玩笑。气象很好，您却中途返航：您本来能够飞过去的。当时您害怕了吗？”

飞行员猝不及防，一时无语。他来回缓慢地搓着自己的双手。然后，他又抬起头，直面看着里维埃尔：

“是的。”

里维埃尔从内心深处怜悯，多勇敢的小伙子也害怕了。飞行员还试图辩解。

“当时我什么也看不见了。当然了，更远的地方……气象也许好……无线电报告……可是，机舱的照明灯暗下来，我都看不见自己的手了。我本想打开航行灯，至少瞧得见机翼呀：还是什么也看不见。就觉得自己掉进了一个大洞的深底，再难上去了。而且，我的发动机也开始震动了。”

“不对。”

“不对？”

“不对。后来我们检查了发动机。完全正常。其实，人害怕的时候，总觉得发动机震动了。”

“换了谁不怕呀！一座座高山向我压下来。我想拉高飞机，却碰到强劲的涡流。您也知道，人一旦什么也看不见了……那下旋的涡流……我拉升，飞机反而跌落一百米。就连陀螺仪，就连气压表，我都看不见了。我觉得发动机转速慢下来，还发热了，油压也降了……这一切，全发生在黑暗中，好似突发急症。我又望见一座城市的灯火，真是太高兴了。”

“您的想象力太丰富了。去吧。”

飞行员便走了。

里维埃尔蜷缩在扶手椅上，一只手插进花白的头发里。

“这是我手下最勇敢的人。那天晚上他成功飞行，干得很漂亮，不过，我把他从恐惧中救出来了……”

继而，心慈手软的念头又反复了：

“为博得别人的爱戴，只需表示同情就够了。我不大怜悯，或者把怜悯之心掩饰起来。我倒是希望自己周围聚拢人际间的友谊和温情。一位大夫在行医中就能遇到这种友谊和温情。然而，我处理的是事件，必须锻炼人，好让他们做好事情。夜晚，我在办公室面对航线图时，这条隐形的规律，我体会得有多深啊。我若是放任自流，若是放任安排好的事务自行发展，那么神不知鬼不觉，就会发生事故。就好像单凭我的意志力，就能阻止飞机在飞行中撞毁，或者阻止风暴延误航班的行程似的。我对自己的权力，有时也很吃惊。”

他又思忖道：

“也许这是明白无误的。园丁就是这样，要持续不断地在草坪上搏斗。他单单靠自己手掌的重量，就把大地永世培育的原始森林推回土壤里。”

他想到这位飞行员：

“我把他从恐惧中救出来了。我打击的并不是他这个人，而是通过他让人面对未知事物坐以待毙的这种阻力。假如我听信他、同情他，假如我认真对待他的险历，那么，他就会以为自己到一个神秘国度走了一遭，而人们畏惧的恰恰是这种神秘。一定得让人下到这种黑暗的深井，上来后说他们什么也没有碰见。一定得让这个人深入黑夜最隐秘的腹心，深入茫茫黑夜中，甚至连一盏只能照见自己的手或机翼的小矿灯也没有，但是晃晃膀子就能排除未知之物。”

然而，在这种搏斗中，在他们内心深处，有一种默契的情谊将里维埃尔和他的飞行员连在一起。可以说他们同舟共济，同样满怀克敌制胜的渴望。不过，里维埃尔不免想起，为了征服黑夜，他还进行了别种战斗。

在官场上，人人都惧怕这个幽暗的领域，视为没有开发的荆棘莽林。派遣一个机组，以二百千米的时速，冲向由黑夜笼罩而不显露行迹的雷雨、浓雾，以及种种物质障碍，他们认为这种飞行作为军事目的，还有情可原：飞机趁晴朗的夜晚，前去袭击轰炸，再返回驻地。然而，正常的航班，夜间飞行必败无疑。里维埃尔当时就反驳道：“这对于我们来说，却是个生死攸关的问题，只因飞机白天超过火车和轮船的进度，到了夜晚我们就丧失殆尽了。”

有人大谈资产负债表、保险，尤其舆论，里维埃尔听得不胜其烦，便驳斥道：“舆论……那是随意操纵的呀！”现在想来：“耽误了多少时间！有的事情……就是比什么都重要。但凡有生命的东西，为了存活，什么都顶撞，而且为了存活，还创造自己的法则。这是不可抗拒的。”里维埃尔不知道什么时候，也不知道如何开辟商业性夜航，但是这件事势在必行，一定得着手准备。

他还记得会议桌的绿台布，自己用拳头托着下颏儿，倾听那么多异议，却有一种浑身充满力量的奇特感觉。他认为那些异议都徒费口舌，事先就被生活淘汰了。他感到自身积聚的力量犹如磐石。“我的理由极有分量，我一定能胜出，”里维埃尔心中暗道，“这也是大势所趋。”有人叫板，要他拿出能排除所有危险的完美方案。他就回应说：“实践经验能得出规律，而认识规律永远也不能先于经验。”

经过长达一年的论争，里维埃尔终于获胜了。有人说：“多亏了他的信念。”还有人说：“多亏了他坚持不懈，也多亏了他勇往直前的气势。”可是，照他的意思，就很简单：只因他方向正确，说话才能服众。

不过，起步阶段，多么倍加谨慎啊！飞机仅仅在天亮前一小时起飞，日落后一小时就着陆。等到里维埃尔判断试航更有把握了，他才敢于将邮航班机推进深邃的黑夜里。几乎没人跟进，甚至受人诟病，现在他仍然孤军奋战。

里维埃尔叫了电话，要了解航班在行程中的最新消息。

十二

这期间，巴塔哥尼亚返航的邮班正遭遇了雷雨云团，法比安放弃了绕行的打算，认为雷雨区域太宽阔，闪电连成长线，深入这个国家的内地，映现出重重堡垒似的乌云团。他想要从雷雨层下方通过，如果飞行遇阻，就决定中途返航。

法比安读了高度表：一千七百米。他掌心用力压操纵杆，开始下降。发动机震动得厉害，连机身也抖动起来。法比安判断一下，调整下降的角度，再核实地图上标明山岭的高度：五百米。他打点儿余富，按七百米的高度飞行。

他牺牲飞行高度，就如同有人拿钱财赌博。

飞机又遭遇一股涡流，往下沉降，机身抖动得越发剧烈。法比安感到了威胁，无形的灭顶之灾正在袭来。一时间，他幻想着掉头返航，重又望见灿烂的繁星，不过，他稳操方向盘，没有偏转一度。

法比安估计各种可能的遭遇：这场暴风雨也许只是局部地区，下一个中途站特雷利乌发出信号，乌云覆盖了那里四分之三的天空，这就意味着要在这黑黑的混凝土中生活二十来分钟。不过，飞行员还是惴惴不安。他向左探出身子，迎着罡风气团，想辨明是什么朦胧的亮光，还在深不可测的夜色中游走。可是，那已经算不上亮光了，只是在幽暗的深邃中，浓厚度细微的变化而已，抑或是眼睛疲劳产生的幻觉。

他展开报务员递过来的一张字条：

“现在我们在什么方位？”

如能了解在什么方位，法比安什么都能豁出去。他回答说：“我也不知道。我们是靠罗盘导航穿越雷雨云区的。”

他又探下身去，觉得气管喷出的火焰不大对头：火焰如一束白花，挂在发动机上，十分惨淡，能被月光抹去，可是在这浩渺的虚空，这束淡淡的白光却吸纳了有形世界。他凝视着，只见火焰随风带起浓烟，好似一支火把。

法比安每隔三十秒，头就伸进座舱，核对陀螺仪和罗盘。舱里那几盏小红灯，灯光虽微弱，却使他久久眼花缭乱，好在仪表的数字所带的镭光，能发出淡淡的星光。驾驶员的目光停留在那儿，停留在指针和数字之间，就感到一种虚假的安全，如同浪涛汹涌，躲在船舱里的那种感觉。黑夜，裹挟着一切类似岩石、沉船、山峦的骇浪，也冲荡着这架飞机，营造了同样惊心动魄的境遇。

“我们是在什么方位？”报务员又问道。

法比安再次冲出来，他靠向左侧，重又紧盯死守。需要多长时间，花费多大力气，才能摆脱重重的黑暗羁绊，他心里没谱了，几乎怀疑起还能否脱身，只把自己的性命押在这个脏兮兮、皱巴巴的小字条上。这张字条，他展开来看了上千遍，以便维系自己的希望：

“特雷利乌：乌云覆盖了四分之三的天空，西风微弱。”特雷利乌的天空，如果说还有四分之一没有乌云，那么从云隙间就能望见那儿的灯火了。除非……

远处淡淡的光亮，果然望见了，引导他继续飞行。不过，他还是有些疑虑，便潦草地给报务员写了张字条：“不知道我能否闯过去。告诉我后方天气是否一直晴好。”

答复把他惊呆了：

“科摩多罗[①]发来信号：飞返此地‘不可能。有风暴’。”

法比安开始推测，一场异常的风暴，正从安第斯山脉猛烈扑向大海，未等飞机抵达，飓风就会横扫那些城市。

“询问一下圣安东尼奥的天气。”

“圣安东尼奥方面答复：‘刮起西风，西面有风暴。全地区阴天。’噪音干扰厉害，圣安东尼奥方面听不清楚，我也听不清楚。看来由于放电，我只得抽回天线了。您要掉头返回吗？您做何打算？”

“别打扰我。再询问布兰卡港的天气……”

“布兰卡港方面回复：‘我们预料二十分钟之内，布兰卡港西部上空，会有一场强暴风雨。’”

“询问特雷利乌的天气。”

---

① 即科摩多罗·里瓦达维亚，又称里瓦达维亚海军住将城，它是阿根廷南部巴塔哥尼亚地区最大的港口城市。

“特雷利乌方面答复：‘由西向东的飓风，三十米每秒，伴随暴雨。’”

“请通知布宜诺斯艾利斯方面：‘我们四面受困，风暴扩展到上千千米区域，什么也看不见了。我们该怎么办？’”

在飞行员看来，这黑夜横无际涯，既不能引向一个空港（似乎所有空港都不能着陆），也不能引向黎明：一小时四十分钟之内，汽油就用完了，飞机迟早就要坠入这深不可测的夜空。

如能坚持到天亮……

法比安想到黎明，如同想到金色沙滩，在艰难一夜过后可以降落的地方。在遇险飞机的下方，可能出现平原地带。宁静的大地怀抱着沉睡的庄园，以及羊群和山丘。所有在黑暗中滚动的海滩漂流物，再也不会造成伤害了。如有可能，他多想游向黎明啊！

法比安想道，自己被困住了。在这沉沉的黑夜中，是好是坏，总会有个结果。

的确如此。天渐渐亮起来时，他往往相信有转机了。

然而，两眼望穿太阳所在的东方又有何用，在他和太阳之间，还横亘着如此深邃的黑夜，根本无法逾越。

十三

“巴拉圭亚松森的邮航班机航行顺利，约莫凌晨两点抵达。巴塔哥尼亚的班机处于困境，估计要大大晚点。”

“好的，里维埃尔先生。”

“我们不等巴塔哥尼亚的航班抵达，就可能让欧洲的班机起飞了：只要亚松森的邮班一到，您就听我们的指示。做好出发准备吧。”

现在，里维埃尔再次浏览北方各中途站的护航电报。这些电报为欧洲的班机开辟了一条明月高照的航线：“天空澄净，望月，无风。”在明亮的夜空中，巴西的崇山峻岭轮廓分明，那密密的黑森林的头发径直映入大海的银波中。月光的清露不知疲倦地洒向那一片片森林，却并没有使之着色。海中岛屿同样黑魆魆的，好似漂浮的海难沉船的残骸。那月亮宛若光的喷泉，永不枯竭，喷洒在全航道上。

假如里维埃尔下令起飞，那么欧洲邮航的机组人员，就会驶入一个稳定的世界，整个夜晚沐浴在似水的柔光里。光影平衡的世界，没有任何威胁来打破。就连这和风的轻拂，也不能渗透进去，一旦越界潜入，几小时之内就可能搅乱整个天空。

不过，面对这种清明世界，里维埃尔倒犹豫起来，就像一位勘探者突然看到禁采的金矿。南方发生的变故，表明夜航的唯一捍卫者，里维埃尔，判断错误。如果巴塔戈尼亚的班机不幸酿成灾难，他的对头们就可能从中获取一种道义上的强势，而里维埃尔单凭信念，今后也许就无力抗衡了。要知道，里维埃尔的信念并没有动摇：他的事业出现一道裂缝，导致了悲剧。但是，这场悲剧只显出了裂缝，却不能证明别的什么。“在西部，也许有必要建几个气象观察站……这件事要考虑。”他又想，“我有同样过硬的理由坚持己见：可能引发事故的原因，暴露出来一个就减少一个。”失利令强者更坚强。所不幸的是，大家玩的一种游戏，与人对立，不计事物的真正意义，只算毫无价值的分数，仅凭表面现象论输赢。于是，人就被表面的失败捆住了手脚。

里维埃尔叫了电话。

“布兰卡港方面，一直没有用无线电通报什么吗？”

“没有。”

“给我接上这个中途站的电话。”

五分钟过后，他询问道：

“你们怎么什么也不告诉我们呢？”

“我们听不到那架班机的信号。”

“班机没信号了吗？”

“我们也不知道。暴风雨太猛烈。班机上即使发报，我们也听不到。”

“特雷利乌的信号听得见吗？”

“我们听不见特雷利乌的信号。”

“用电话联系。”

“我们试过了：电话线断了。”

“你们那儿什么天气？”

“天气恶劣。西面和南面电闪雷鸣。气压非常低。”

“有风吗？”

“风力还很小，不过，十分钟之后就要加强了。雷电加速逼近了。”

沉默片刻。

“喂，布兰卡港，您还在听吗？好吧，过十分钟再跟我们通话。”

接着，里维埃尔又翻阅南方各中途站的电报。所有中途站都指出那架飞机没有信号。有几个中途站不再回应布宜诺斯艾利斯的电话了。沉默省区的范围，在地图上越扩越大，那些小城市已经遭受飓风的袭击，家家户户都房门紧闭，街道上没有照明，每座房舍都与世隔绝，像一只船似的迷失在黑夜中，只待来解放的黎明。

这工夫，里维埃尔俯身查看地图，还抱着一线希望，能发现一隅晴空的庇护所。他通过电报，向外省三十多个城市的警察局了解天气状况，答复开始传到他手上。两千千米范围内的无线电站都接到了命令，无论哪个无线电站接收到飞机的信号，务必在三十秒之内通知布宜诺斯艾利斯，等收到布宜诺斯艾利斯指定的避难方位后，就立即转告给法比安。

凌晨一点钟，几位秘书都应召回到各自办公室。他们到了岗位上，神秘地获悉，夜航可能中止，飞赴欧洲的邮航也要等到天亮才起飞了。他们窃窃私议，谈到法比安，谈到飓风，尤其大谈里维埃尔。他们猜得出来，头儿就在这儿，近在咫尺，他被大自然的无常渐渐压垮了。

不过，议论的声音戛然而止：里维埃尔刚刚出现在他的门口。他紧紧裹着大衣，帽子依然压得很低，一副永远在旅行的打扮。他步伐镇定，走向办公室主任：

“现在凌晨一点十分了，欧洲邮航班机的材料都备齐了吧？”

“我……我原以为……”

“您用不着以为，只需执行。”

他双手反剪在背后，转身缓步走向一扇敞着的窗户。

一名秘书走到近前：

“经理先生，我们收不到多少答复了。有人告诉我们，内地许多线路都毁坏了……”

“嗯。”

里维埃尔伫立不动，凝视着黑夜。

由此可见，每条信息，都威胁着那架邮航飞机。每座城市，只要电话线还未毁损，还能回话，无不强调飓风像敌军入侵那样推进。“飓风来自内陆，来自安第斯山脉，一路扫荡，冲向海洋……”

里维埃尔认为星星过分明亮，空气也过分潮湿。多么怪异的夜晚啊！夜空会一块一块突然变坏，就如同一个鲜亮的水果的果肉那样。星斗满天，仍然眨眼俯瞰着布宜诺斯艾利斯，但这里不过是一块绿洲，还是暂时的。即便是个避风港，也处于那架班机机组人员的活动范围之外。危机四伏的夜晚，一股恶风刮起，便转为恶劣天气。难以战胜的夜晚。

在沉沉黑夜中，一架飞机在什么地方遇险：机组人员徒然地忙乱。

十四

法比安的妻子打来电话。

每逢丈夫返航的当天晚上，她就计算从巴塔哥尼亚起飞的班机的航程："现在他应该从特雷利乌起飞了……"随即重又入睡。过了一会儿："估计他快到圣安东尼奥了，能望见那里的灯火了……"于是她起身，拉开窗帘，观望天色："所有这些云彩都会妨碍他……"有时候，月亮好似一个牧人，在夜空中游荡。少妇望着这轮月亮、这些星星，望着这些在她丈夫周围的万千存在物，终于放下心来，回头又倒下睡觉了。约莫凌晨一点钟，她感到丈夫快到了："他不会很远了，大概望得见布宜诺斯艾利斯了……"于是，她又爬起来，给丈夫准备饭菜，还烧一杯滚烫的咖啡："天上那么冷……"她总是这样迎接丈夫，就好像他从雪峰上下来似的："你不冷吗？""不冷。""还是暖和暖和吧……"将近一点一刻，全都准备妥当。于是，她就打个电话。

今天夜晚一如往常的夜晚，她在电话里询问：

"法比安着陆了吗？"

秘书听她的话音，不免有点慌张：

“您是哪位？”

“我是西蒙娜·法比安。”

“唔！请稍等……”

秘书什么话也不敢讲，将听筒递给了办公室主任。

“请问您是谁？”

“我是西蒙娜·法比安。”

“唔！夫人，您有什么事儿吗？”

“我丈夫着陆了吗？”

一时间沉默无语，令人费解。继而，主任干脆地回答：

“没有。”

“晚点了吗？”

“对……”

又是一阵沉默。

“对……晚点了。”

“啊！……”

这一声“啊”是从受伤的肉体发出来的，晚点倒无所谓……无所谓……然而，如果拖延下去……

“啊！……那么，他几点钟能到达呢？”

“几点钟到达？我们，我们也不知道。”

现在，她撞到一堵墙上，只能得到她的问题的回响。

“我求求您了，回答我！现在他到哪儿啦？”

“现在他到哪儿啦？等一等……”

这样吞吞吐吐的口气，着实让她难受。这堵墙后面，一定出了什么事儿。

对方决心实说了：

“他十九点三十分从科摩多罗起飞。”

“后来呢？”

“后来吗？……拖了很久很久……拖了很久很久，天气不好……”

“啊！天气不好……”

太不公平了，这么骗人，这轮明月，多么悠闲，高悬在布宜诺斯艾利斯的上空！少妇猛然想起来，从科摩多罗飞往特雷利乌，要不了两个小时。

“他飞往特雷利乌，已经用了六个小时！他总归给你们发了电报呀！他是怎么说的？……”

“他是怎么对我们说的？不用说，天气这么坏……您完全明白……他发的电报收不到。”

“天气这么坏！”

“好吧，就这么办，夫人，我们一有什么消息，就给您打电话。”

“啊！你们什么也不知道……”

“再见，夫人……”

“不，不！我要跟经理通话！”

“经理先生很忙，夫人，他正在开会。”

“哼，我不管！开会不开会，我不管！我就要跟他通话！”

办公室主任擦了擦汗：

“请稍等……”

他推开里维埃尔办公室的门：

“法比安夫人想要跟您通话。”

“好嘛，”里维埃尔暗自叫苦，“怕什么就来什么。悲剧的情感因素开始登场了。”起初他想回避这些因素，不能让母亲和妻子进入手术室。船只遇险，也容不得感情冲动。冲动帮不上忙，也救不了人。不过，他还是同意了。

“电话接到我的办公室来吧。”

他一听到这种细弱而颤抖的遥远声音，当即就明白了，他答复不了这个女人。他们二人对簿公堂，不会有结果，绝不会有结果。

“夫人，听我一劝，镇定下来。干我们这行，久久等待消息是家常便饭。”

里维埃尔所达到的这种境界，摆出来的问题是行动本身，而不再是个人的小小不幸了。挺立在他对面的是生命的另一种意义，而不是法比安的妻子了。这种细微的声音，这种无限哀伤，但是含有敌意的悲歌，里维埃尔只能倾听，只能表示同情。因为，行动和个人幸福互犯冲突，哪一种都不准打折扣，这个女人也以二人绝对世界的名义，议论她的权利和义务。那是夜晚由台灯照亮的世界，一个肌肤彼此呼唤、充满希望、温情和记忆的国度。她要求自己的幸福，也自有其道理。而里维埃尔也同样，自有他的道理，只不过，他不能拿出任何一点来驳斥这个女人的道理。他发现如果放到普通家庭的灯光下，他的道理就不近人情而难于表达了。

“夫人……”

她不听了。她倒下去了，几乎就倒在他的脚下，用她软弱无力的拳头击打这堵墙，耗尽了最后的气力——这就是里维埃尔的感觉。

记得有一天，在一座桥梁的施工工地上，里维埃尔和一位工程师俯身察看一名受伤者，那位工程师当时就对他说：“一个人的脸砸烂了，这座桥梁值得吗？”这座桥梁为农民接通道路，免得从另一座桥过河绕道而行，但是哪个农民也不会同意为此把一个人的面孔毁成这副惨相。然而，还是建造一座座桥梁。工程师还说道：“总体利益是由个体利益构成的，这就不用再解释什么了。”不过后来，里维埃尔却回答他说：“诚然，人的生命是无价的，可是，我们的一举一动，总好像有什么东西超过了人的生命价值……那是什么呢？”

于是，里维埃尔想起了那个机组，不由得心头一紧。行动，即使建造桥梁之举，也要毁掉一些人的幸福。里维埃尔不能不扪心自问了：“这么做凭什么呢？”

“这些人，”他心中暗道，“也许会消逝了，他们本来可以生活得很幸福。”他眼前又浮现几张俯身的面孔，在夜晚灯光照亮的金屋秘室。“我以什么名义，把他们从那种神圣的地方拉出来呢？”他凭什么，把他们从个人幸福窝里拉走呢？人类的第一条法则，不就是保护这种幸福吗？然而他本人，却在摧毁这种幸福。不过，那些金屋秘室无异于梦境幻景，终有一天会化为乌有。衰老和死亡摧毁起这些幸福来，比他还要残酷无情。也许还存在着别的东西要拯救，而且是更为持久的东西。里维埃尔这样工作，也许要拯救人的这个部分吧，否则的话，行动就不能顺理成章了。

“爱，一味地爱，绝境怎么行得通！”里维埃尔隐约感到一种责任，比爱的责任更伟大。抑或是一种温情，又与一般的温情大相径庭。他忽然想起一句话：“关键是让他们进入永恒……”这句话是在哪儿读到的呢？“你们自身所追求的正在死去。”他的脑海又浮现秘鲁古代印加人的一座太阳神庙，只剩下矗立在山顶的这些石头。除此之外，还能留下什么呢？那盛极一时的古代文明，仅以这些石块压在如今人类的心头，仿佛表示一种憾恨。“古代民众的领导者凭着何等严酷之心，或者以何等奇特的爱心，逼迫民众将这座神庙拉上高山，从而强使他们建起自己的永恒丰碑呢？”里维埃尔在冥想中，又看到小城镇的居民晚上围着露天音乐台消遣，不由得心中暗道：“这种类型的幸福，这种鞍辔……”古代民众的领导者，也许并不怜悯生者的痛苦，但是无限怜惜他们的死亡。不过，怜惜的不是一个个人丧命，而是将要被漫漫黄沙吞没的全人类。于是领导者便率领民众，至少造起了沙漠埋葬不了的石头建筑物。

十五

这张折成四面的纸条或许能救他，法比安展开来，牙关咬紧了。

“与布宜诺斯艾利斯联系不上。我甚至都无法操作，手指一接触发报机就生电火花。”

法比安挺恼火，正想写回条，双手刚放开操纵杆，就有一股强大的气浪浸透他的周身，涡流摇晃着将他连同五吨重的金属机体托举起来。他只好放弃回答。

他双手重又握紧操纵杆，以便驾驭并减弱气浪的冲击。

法比安呼哧呼哧喘着气。报务员收回天线，如果是怕暴风雨的话，等飞机着陆之后，法比安非打他个满脸花不可。不惜任何代价，也得同布宜诺斯艾利斯联系上，就好像那里从一千五百千米开外，还能抛来一条绳索，把他们从这深渊救出去似的。连一点颤动的灯火，一家小旅店的灯光也没有，那虽然无济于事，但总归能表明大地还像一座灯塔。即便如此，他至少也需要听到一个声音，来自已不存在的世界的一点点声音。驾驶员抬起拳头，在红灯光晕里晃了晃，要让身后的报务员明白这种可悲的现实。可是，报务员并不理解，他只顾俯身，凝神观望横遭洗劫的空间、深深埋葬的城市、死灭了的灯火。

任何主意，法比安都会听从，只要叫喊着能让他听到。他心下暗想：“有人要我兜圈子，我就兜圈子；要我朝正南飞……”这天底下，总归有安宁的地方，月光融融的地方。他那些同事们，在那边都了解，他们跟学者一样博学多才，在美如鲜花的灯光下，正在埋头察看地图，一个个都是全才能手。而他呢，又知道什么，只能面对一股股涡流，面对以崩塌之速催动漆黑的湍流冲击他的黑夜。他们总不能袖手旁观，把两个人丢在这种龙卷风和乌云翻滚的电火中不管。他们不可能无作为，一定会命令法比安：“航向240……”他就会调转机头，对准240。然而，他还是孤单一人。

法比安能感觉出来，连机器也反抗了。每次沉降，发动机就震动得特别厉害，连整个机身都仿佛气得颤抖起来。法比安头探进座舱，注视陀螺仪的地平线，全力控制飞机，只因在外面再也分辨不出天高地厚，完全迷失在一片混沌中，回到宇宙之初的情景。然而，方位指示仪的指针摆动得越来越快，很难跟上了。驾驶员遭受指针的愚弄，在苦苦挣扎中，丧失了高度，渐渐沉入这片黑暗里。他读了一下飞机的高度：“五百米。”这正是山峦的海拔高度。他感到山梁令人眩晕的浪涛滚滚向他袭来。所有山丘，仿佛都从地面连根拔起，失去了控制，像醉鬼一般开始在他周围旋转，跳起一种遥深莫名的舞蹈，舞圈越收越紧。他心里也明白，哪怕撞上最小的一个，也能把他击得粉身碎骨。

于是，他把心一横，决定冒着撞击的危险，把飞机迫降到随便什么地方，起码也得避开山丘。他射出他仅有的一颗照明弹，照明弹燃亮了，飞旋着照见一片平原，随即在那里熄灭。那可是大海。

他迅疾地想道：“完了。我虽然矫正了四十度，还是漂移了，肯定是飓风的缘故。陆地在哪儿呢？”他转向正面，不免想道：“现在，没有照明弹了，我就等于自杀。”

这种情况，总有一天要发生。而他的伙伴，身后的这位……“他收回了天线，肯定是的。”不过，驾驶员不再怨恨他了。就说他本人，随便一松手，他们的生命就会消失，犹如一粒微不足道的尘埃。他同伴的跳动的心和他自己的心，都握在他手中。猛然间，这双手令他畏惧了。

在涡流好似攻城撞锤般频频打击下，他用尽全力抓紧方向盘，以便减轻它的震动，否则就可能磨断操纵杆。他双手一直抓得紧紧的，因用力过度而失去知觉都感觉不到了。他想动一动手指，以便获取信息：手指是否还听从指挥。胳臂末端仿佛是别的什么东西，仿佛是软绵绵而无知觉的肠衣薄膜。他想道：“我一定得极力想象自己紧紧抓住……”他不知道这种意念是否传达到手上，只能凭肩头的疼痛来接收方向盘的震动：“我要抓不住了……双手要松开了……”随即心头大惊，自己竟然讲出这种话，他感到自己的手这回服从了想象的隐形力量，在黑暗中慢慢松开，要丢下方向盘了。

他本来还可以抗争，碰碰自己的运气：外在的命数并不存在。但是有一种内在的命数：刚才一瞬间，发现自己命悬一线，就像一阵眩晕，受到失误的诱引。

恰巧这工夫，透过他头顶的暴风雨的裂缝，闪过几颗星星，犹如陷阱深底的一个致命的诱饵。

他判定那是个陷阱：望见云洞中有三颗星星，便升上去追寻，上去就下不来了，只能滞留在那儿啃噬星星……

不过，他的渴望太强烈了，于是飞升去追光明。

十六

多亏了星星提供的坐标，法比安逐渐升高，并且尽力躲避涡流的干扰。淡淡的星光，磁石般吸引他。多长时间，他苦苦追寻一点亮光，哪怕是极为模糊的光亮也不放过。更不用说一家客店的灯火了，他会绕着那渴望的信号盘旋，一直到死亡。现在，他正爬高，飞向光明的原野。

他在头顶张开又闭合的这口井里，以螺旋线形渐渐升高。他越往上飞，乌云就越丧失那种乌黑的烂泥色，迎面飘过，好似越来越纯净而洁白的浪涛。法比安浮现出来了。

他惊讶极了，周围那么明亮，一时眼花缭乱，眼睛只好闭上几秒钟。他怎么也想不到，夜晚云层会如此耀眼。正是望月和满天星斗，将云层照成明晃晃的浪涛。

就在他浮出来的一瞬间，飞机也一下子平稳下来，异乎寻常的平稳，不受一点儿气流的冲击而倾斜。宛如小船过了堤坝，划进了平静的水库。他闯入一片陌生而隐秘的天空，仿佛福地岛屿围住的海湾。暴风雨在他脚下，组成了另一个世界，一个厚达三千米、雷电交加而雨骤风狂的世界，却把一张水晶和白雪的面孔朝向星空。

他的双手、他的衣服、机翼，一切都变得通明透亮，法比安还以为到了奇妙的仙境。因为，这光芒不是繁星流泻下来的，而是他下方四周这些白色云团散发出来的。

法比安下方的云团，反射了吸纳月亮的全部雪光。左右两边那些高塔似的云柱，也同样光芒万丈。机组人员沐浴在一种流动的光亮的牛奶中。法比安回过头去，看见报务员露出笑容。

“这可好多啦！”他嚷道。

然而，他的声音消失在飞行的轰鸣中，唯独微笑可以传递。“我还笑呢，”法比安想道，“完全发疯了，我们玩完了。”

这工夫，数以千计隐形的手臂放开了他。他就像一名囚犯那样，由人松了绑，可以独自一人，在花丛中走一会儿。

“太美了。”法比安心中赞道。繁星密密麻麻，恍若堆积如山的珍宝，他漫步其间，这个世界除了他法比安和他的伙伴，就再也没有别的生命了。他们就像传说城市中的窃贼，困在堆满金银财宝的房间里，再也出不去了。他们漫游在冰冷的宝石中间，无比富有，又必死无疑。

十七

巴塔哥尼亚的中途站，科摩多罗·里瓦达维亚的一名无线电报务员，突然打了一个手势，所有在无线电站守夜而又无所作为的人，随即聚拢到这个人周围，纷纷俯身观看。

他们俯身观看一张强光照射的白纸。收报员的手还在犹豫，摆弄着铅笔。捕捉到的字母还握在手上，但是他的手指已经发抖了。

“遭遇暴风雨？”

报务员点了点头。暴风雨的噪声阻碍他听懂对方的信号。

接着，他记下几个难以辨认的符号，随后记下几个词，终于连缀成文了：

“我们受困在风暴之上，三千八百米高空，现在我们向正西，朝内陆飞行，只因我们漂移到海上。下方，完全堵塞不通了。不知道我们是否还在海洋上空飞行，请告知风暴是否扩展到内陆。”

这封电报，由于暴风雨的阻隔，只能一站一站传到布宜诺斯艾利斯。这条信息在夜间行进，不啻从一座塔楼到另一座塔楼点起的火焰。

布宜诺斯艾利斯方面要求回答：

“风暴覆盖内陆。你们还有多少燃油？”

“半小时。”

这句话，又通过一个一个值班报务员，一直传回布宜诺斯艾利斯。

这个机组陷入绝境，三十分钟之内必然卷入飓风之中，偏离航线，直掼到地上。

十八

里维埃尔陷入沉思。他不再心存希望了：这个机组一定会在某处坠入黑夜。

里维埃尔想起儿时给他留下深刻印象的一种场景：有人为找到一具尸体，抽干一个池塘。这片黑暗还未从大地消逝之前，这些沙漠、平原、麦田还未重见阳光之前，同样什么也不会找到。一些普通农民也许会发现两个孩子用臂肘遮住脸，躺在草丛间，周围一片静谧，金灿灿的，仿佛在睡觉。不过，黑暗降临，就会把他们淹没了。

里维埃尔想到那些财宝，埋葬在类似传说中的海洋那样黑的渊底……那些鲜花盛开的黑夜苹果树，带着尚未结果的繁花等待日出。富饶的黑夜，弥漫着芳香，处处酣睡的羔羊，尚未吐艳的花朵。

肥沃的田垄、湿漉漉的树林、清新的苜蓿草，都渐渐挺起来迎接阳光。然而，在那些不再险恶的山峦，在草地和羔群中间，在这清平的世界里，这两个孩子似乎要长睡不醒了。看来有某种东西，从可见世界潜入另一个世界。

里维埃尔了解，法比安温柔的妻子焦虑不安，这份爱情她刚获不久，就像一个穷人家孩子得到一件玩具。

里维埃尔又想道：法比安握着操纵杆的手，还有几分钟能掌控自己的命运。那只曾经抚爱过的手，那只曾经放在一个胸脯上抚平骚动的手，宛如一只神圣的手。那只曾经放在一张脸上而改变其面容的手。那正是一只神奇的手。

法比安在光辉灿烂的云海之上夜游，而下面便是永恒。他独自居住并迷失在星际之间。他的手还掌握着世界，胸口紧贴住平衡。他在方向盘上，紧紧抓住重重的人生财富，从一颗星球漫游到另一颗星球，必须归还这无用的财宝却无望实现。

里维埃尔又想到，还有一座无线电台能收到法比安的声音。还能将法比安同这世界连起来的，只有一种音乐的声波，一种细微的旋律。没有一声哀怨，没有一声呼喊。完全是由绝望发出的最纯净的声音。

十九

罗比诺把他从冥思中拉出来：

“经理先生，我想过……也许可以试试……”

他什么主意也没有提出来，但是这也表明了他的善意。他特别希望想出一个解决办法，就有点儿像猜谜似的。他倒是总能想出办法来，里维埃尔却从来不采纳：“您该明白，罗比诺，生活中就没有解决的办法，只有往前冲的动力：必须创造出动力来，办法也就随之跟上了。”因此，罗比诺也就限定自己的角色，在机械师的圈子里创造动力，也就是防止螺旋桨桨毂生锈的微薄动力。

不料，这天夜晚事态的发展，罗比诺就束手无策了。他这督察员的头衔，无论对暴风雨还是对一个幽灵似的机组，都毫无影响力了。现在，那个机组奋力拼搏，再也不是为了拿准点奖金了，而是为了逃脱唯一的惩罚，即取消罗比诺所有惩罚的死亡。

可见，罗比诺现在一无用处，无事可干，只好到各办公室串来串去。

法比安的妻子跑来求见了。她受焦虑不安的驱使，在秘书办公室里等候里维埃尔接见。秘书们不时偷眼瞧她的脸。她不免感到有点儿羞愧，心存几分畏惧环顾周围：这里一切都拒绝她。这些人继续工作，仿佛踏着尸体前进。这些档案材料，里面记载的人的生命、人的痛苦，只残留了冷酷的数字。她寻找着曾经向她讲述法比安的一些标记。在家里，什么都表明人不在了：半掀起来的床被、煮好的咖啡、一束鲜花……而到这里，她没有发现一点迹象。这里一切都抵制怜悯、友谊、回忆。大家在她面前说话，谁也不抬高嗓门儿，她唯一听见的一句话，还是那句脏话。一名职员需要清单，只听见他说道："……发电机清单，活见鬼！我们发往桑托斯的清单。"少妇一副无限惊讶的表情，抬眼瞧瞧那个人，目光随即移向挂在墙上的地图。她的嘴唇微微哆嗦了。

她开始不自在了，猜出自己到这里表明一种敌对的真情，几乎后悔闯来了，真想躲起来，竭力忍住咳嗽和哭泣，生怕过分引起注意。她发现自己到这地方，不合时宜，行为异常，就仿佛赤身露体暴露于人。然而，她的真情十分强烈，吸引来偷窥的目光，不厌其烦地从她的脸上读出来。这位女子仪容秀美，她向这些男人揭示了幸福的神圣世界，还揭示了大家在行动中，会不知不觉触及什么令人敬畏的问题。在这么多目光注视下，她闭上眼睛，从而揭示他们无意中，就能毁掉什么样的安宁。

里维埃尔接见了她。

她怯生生地为自己辩护，说她摆好鲜花，煮好了咖啡，年轻的肉体期待着。这间办公室还要冷，她的嘴唇又微微抖动了。她也发现在这另一个世界里，自己的真情无法表达。她身上所奋起的忠贞爱情，那么热烈，近乎狂野的一切表现，在这里似乎换上一副令人生厌的自私面孔。她恨不能溜掉。

“我打扰您了……”

“夫人，”里维埃尔对她说道，“谈不上打扰。但不幸的是，夫人，您和我一样，我们别无他法，最好还是等待。”

少妇微微耸了一下肩膀，里维埃尔明白这动作的意思：“点亮的那盏灯，做好的那顿晚餐，还有那些鲜花，我何必再去面对呢……”记得有一天，一位年轻的母亲向里维埃尔倾诉：“我孩子死了，我还是不理解。最难受的就是那些小物件、小事儿，我又见到他那些衣物，夜间醒来时，心头不由自主升起的那股柔情，可是同我的奶汁一样，此后再也用不上了……”对于这位女子，情况也一样，法比安的死，也许到了明天，才会从每个此后再无意义的举动中，从每件物品中渐渐表现出来。法比安会缓慢地离开自己的家。里维埃尔抑制住由衷的怜悯。

“夫人……”

少妇抽身走了，脸上还带着近乎谦抑的微笑，她并不了解自己的力量。

里维埃尔坐下来，心情略感沉重。

“真的，她帮我发现了我所探求的东西……”

他神不守舍，手指轻轻敲着各中途站发来的护航电报。他心中暗道：

“我们并不求永生，但是也不能眼看着所有行为和所做的事情突然丧失其意义了。于是，弥漫我们周围的空虚就显现出来……”

里维埃尔的目光落到电极上：

“死亡就是通过这种渠道，通过这些已无意义的电文，潜入我们心头的……”

他瞧了瞧罗比诺。这个平庸的小伙子，现在毫无用处，也就没有意义了。里维埃尔几乎恶狠狠地对他说：

“还得我亲自给您找事儿干吗？”

接着，里维埃尔又推开通向秘书办公室的房门。有些标记，法比安夫人是看不懂，里维埃尔却一目了然，惊叹法比安失踪了。法比安驾驶的那架飞机——R－B903号机的卡片，在图表上已经移到失控的设备栏内了。秘书们知道欧洲航班起飞时间推迟了，为航班准备材料的工作也松懈下来了。机场打来电话请示，机组人员漫无目的地守候，不知该如何安排。生活的职能慢了下来。“死亡，果然来了！”里维埃尔心中暗道。他的事业好似一只出了故障的帆船，停留在无风的海上。

他听到了罗比诺的话音：

“经理先生……他们结婚才六个星期……”

“您去工作吧。”

里维埃尔一直注视着秘书们，越过他们，也一直注视着普通工人、机械师、飞行员，所有怀着创业的信念、在他的事业中协助过他的人。他想到了从前的那些小城镇，那里的居民听说了“岛屿”，就建造了一只船，装载他们的希望，能让人看到他们的希望扬帆行驶在大海上。人人都高大起来，人人都超脱了自我，人人都被一条船解放了。“目的也许说明不了什么，但是行动却能让人摆脱死亡。这些人凭着他们的船只得以长存。”

同样，里维埃尔也要抗击死亡，他将恢复电报的充分意义，让值班的机组人员常备不懈，重新赋予飞行员那种悲壮的目的，直到生命激励这项事业，犹如在海上，风推动一只帆船。

二十

科摩多罗·里瓦达维亚无线电站再也听不到任何信号，可是二十分钟之后，布兰卡港在千里之外，却收到第二封电文：

“我们下降，进入云层……”

随后，特雷利乌无线电站收到一份电文，晦涩难懂，只辨认几个字：

“……什么也看不见……”

短波就是这样，那边收到了，这边却成了聋子。继而，无缘无故，又完全变了。这个机组的方位无从判定，在世人的心目中，也就在时空之外了，而在无线电站的空白纸页上，已经是幽灵在书写了。

究竟是汽油燃尽了，还是驾驶员打出最后一张牌，对付故障，降到地面上没有撞毁呢？

布宜诺斯艾利斯方面命令特雷利乌：

“问明他的情况。”

无线电接收站好似一间实验室，装备了镍制、铜制器材，压力计，导线网。值班的报务员身穿白色工作服，默不作声，似乎俯身监视一个简单的实验。

他们敏感的手指触摸着各种仪器，探索着磁性的天空，酷似寻找金矿的探测师。

“没有回音吗？”

“没有回音。”

也许他们能捕捉到这种标志生命的音符。那架飞机及其航行灯，如果再次飞升到星际之间，他们也许会听到那颗星的歌声……

时间一秒一秒流逝，真像鲜血在流淌。飞机还在飞行吗？每一秒钟都带走一分生机。就是这样，时光流逝，仿佛就在摧毁。岁月用了二十个世纪，触摸一座神庙，在花岗岩墙壁中开路，将神庙粉碎成尘埃，而现在，这么多个世纪的侵蚀力凝聚在每一秒钟，威胁着一个机组。

每一秒钟都带走点儿什么东西。

那便是法比安的声音、法比安的欢笑。寂静扩大地盘，越来越沉重的一种寂静，压向这个机组人员，如同大海那样厚重。

忽然，有人指出：

“一小时四十分钟了。到了燃油极限。他们不可能还在飞行了。”

于是，大家都安静下来了。

嘴唇泛起一种苦涩空乏的味道，犹如旅行结束时的感觉。有什么事儿已经了结，可是谁都一无所知，一件颇令人厌恶的事。在所有这些镍片铜线中间，大家感到这废弃的工厂笼罩着悲哀的气氛。所有这些器材，似乎都变得笨重无用，丧失了性能，如枯树枝那样沉甸甸的。

无事可干了，只有等待天明。

再过几小时，全阿根廷就重见光明了，而这些人待在原地，就像守在河滩上，面对着往上拉的渔网，不知道慢悠悠拉上来的网里会有什么。

里维埃尔在自己的办公室里，感受到了这种松弛。只有降临大灾大难，人已无力回天时，才能产生这种感觉。他让人报了警，通报了全省警察局。他再也做不了什么，只好等待了。

即使是临时停放尸体的场所，也必须秩序井然，里维埃尔示意罗比诺：

“给北方各中途站发电报：预计巴塔哥尼亚的邮航班机严重晚点，为了不过分拖延欧洲航班，巴塔哥尼亚的邮件将随下一班欧洲邮航运走。”

他微微弯下身子。不过，他还是振作一下精神，想起了一件事，十分紧要。哦！是的。赶紧处理，以免忘记：

“罗比诺。”

“里维埃尔先生？”

“您起草一份通知。禁止驾驶员提速超过一千九百转：那样会给我毁了发动机的。”

“好吧，里维埃尔先生。”

里维埃尔的身子又弯曲了一点儿。他首先需要的是独自待一会儿。

“去吧，罗比诺，去吧，老弟……”

在幽灵面前，这样称兄道弟，罗比诺不禁害怕。

二十一

罗比诺现在心情抑郁，在各个办公室游荡。公司的生活停顿了，安排两点出发的邮航班机可能取消，要等天亮之后才可能起飞。职员们一个个板着面孔，倒是还在值班，但是徒劳无功了。他们还按时接收北方各中途站的护航电报，不过，电文上的“晴空”“望月”“无风”等字眼儿，唤起的是一个贫瘠王国的形象——月光下的一片石头荒漠。罗比诺自己也不知道为什么，翻阅起办公室主任整理的一份材料，他忽然瞧见办公室主任就站在对面，等待他还回材料，尊敬的态度透出傲慢，分明在说：“您愿意的话就还给我，好吗？这是由我……”一个部下采取这种态度，督察员心里颇为恼火，但又没有想出一句反驳的话，只好悻悻地把材料还给人家。办公室主任带着凛然难犯的尊严，回到自己的位置坐下。“我真应该打发他走人。”罗比诺心中暗道。这时，他要沉得住气，又踱了几步，思索着这场悲剧。这一事件会导致一种政策的失效，于是，罗比诺不免心泣这双重悲哀。

继而，里维埃尔的形象又浮现在他眼前，那个称他“老弟”

的里维埃尔，还关在自己的办公室里。一个人孤立无援，从未到这种地步。罗比诺对他萌生极大的怜悯，头脑里便酝酿几句委婉同情与安慰的话语。他认为这是一种非常美好的感情，便深受鼓舞．于是轻轻敲门。没人应声。周围这样肃静，他不敢敲得更重，就推开了房门。里维埃尔在办公室里。罗比诺走进去，第一次差不多以平等的身份，有点像朋友。在他的思想里又有点像那名中士：冒着枪林弹雨救出负伤的将军，护送将军撤退。并且在流放中成为将军的兄弟。“不管出现什么情况，我都和您一起。”罗比诺似乎想表达这种意思。

里维埃尔沉默无语，低头看着双手。罗比诺一站到他面前，就不敢讲话了：雄狮，即使在困顿状态，也让他望而生畏。他心里想的话，忠诚的意味越来越浓厚，可是他每次抬起眼睛就看到这颗低垂的头，这花白的头发，这两片忍住多大苦痛而紧闭的嘴唇！终于，他决心开口：

“经理先生……”

里维埃尔抬起头，瞧了他一眼。里维埃尔刚从一种十分幽深、十分遥远的梦境中醒来，可能还没有注意到罗比诺的存在。绝没有人知道，里维埃尔到底做了什么梦，有何感触，心中饱含着多大哀伤。里维埃尔久久注视着罗比诺，仿佛看着某件事的活见证。罗比诺浑身不自在起来。里维埃尔越是看罗比诺，嘴唇上就越是泛起一种难以捉摸的嘲讽意味。里维埃尔越看，罗比诺就越脸红，于是里维埃尔就越是感到，罗比诺怀着善意来到这里，只可惜是自发的善意，要向他证明人的愚蠢。

罗比诺心里一阵发毛。什么中士，什么将军，什么枪林弹雨，统统都失灵了。于是出现了某种难以解释的情况。里维埃尔一直望着他，这时，罗比诺不由自主，改变了一下姿态，左手从衣兜里抽出来。里维埃尔仍旧望着他。直到这时，也不知道为什么，罗比诺极其窘迫地说道：

“我来听您的吩咐。”

里维埃尔掏出怀表，干脆地说道：

“现在是两点钟，亚松森的邮航班机两点十分着陆。您去安排，欧洲航班两点一刻起飞。”

罗比诺立即去宣扬这条惊人的消息：夜航没有中止。罗比诺还对办公室主任说道：

“您那份文件拿来我审查一下。”

等到办公室主任站在面前，他却说道：

“请等一等。”

办公室主任只好等待。

二十二

亚松森的邮航班机发信号即将着陆。

即使在最严峻的时刻，里维埃尔也通过一封一封电报，关注这个航班顺利飞行。在这种惶恐不安的时刻，这对他无疑是明证，是对他信念的回报。这次顺利的航行，以其一封封电报宣告其他上千次航行也会同样顺利。“不会每天夜晚刮飓风。”里维埃尔还想道，“航路一旦开通，就不能不继续下去。”

邮航班机从巴拉圭一个中途站又一个中途站飞下来，好似飞越一座繁花似锦、矮舍遍布、溪流缓缓的赏心悦目的花园。飞机溜边绕行飓风圈，沿途没有一颗星星被飓风遮蔽。九位乘客裹着旅行毯，额头顶着窗口，真像顶着陈列珠宝的橱窗，只因在天空星城淡淡金光的照耀下，阿根廷那些小城镇的夜间灯火，已经遍地连缀起了金光，坐在前面的驾驶员。双手托住宝贵的人命，睁大了眼睛，饱览月色清辉，形同一个牧羊人。布宜诺斯艾利斯粉红色的灯火，已经映照天际，无须多久，全城的珠宝就会大放异彩，不啻传说中的宝库。最后几份电报，从报务员的指间放出，犹如他在天空乘兴弹出一支奏鸣曲的最后几个音符。里维埃尔听得懂这支乐曲，随后，报务员便收起天线，稍微伸伸懒腰，打了个呵欠，微笑起来：“到达了。”

飞机着陆之后，驾驶员又看到欧洲邮航的驾驶员，只见他双手插在兜里，背靠在自己的飞机上。

“是你接续飞吗？”

“是我。”

“巴塔哥尼亚的班机到了吗？”

“失踪了，不等那架班机了。天气好吧？”

“非常好。法比安失踪了吗？”

他们的话很少。他们有深厚的情谊，往往代替话语。

从亚松森运来的邮袋，又搬上飞赴欧洲的班机，而驾驶员一直站在那儿未动，后颈靠着座舱，仰头望着天上的星星。他感到自身产生一种巨大的能力，从而感到无比欢欣。

“装完了吧？”有人问道，“那就发动吧。”

驾驶员还不动弹。有人替他启动了马达。驾驶员肩膀靠着飞机，马上就要感到这架飞机活起来了。他终于放下心来，那会儿虚假的消息听了不少：要起飞……不会起飞……真要起飞啦！他微微张开口，露出的牙齿在月光下闪闪发亮，宛如一只年轻猛兽的牙齿。

“喂，夜间飞行要当心！”

他没有听见伙伴的忠告。他两手插在兜里，扬着头，面向云彩、山脉、河流和大海，忽然间，他开始哑笑了，笑得很轻，但是传遍周身，仿佛微风吹拂一棵树，从头到脚都颤动了。一阵轻笑，而威力却胜过那些云彩、那些山脉、那些河流和大海。

“你怎么啦？”

“里维埃尔这个笨蛋，居然把我……想象我害怕了！”

二十三

再过一分钟，班机就将飞越布宜诺斯艾利斯，而里维埃尔继续战斗，要听到它的声音。听到它启动，隆隆作响，然后消逝，如同一支军队向星际进发，响彻云霄的脚步声。

里维埃尔交叉着双臂，从秘书们中间走过，停在一扇窗前，倾听并遐想。

哪怕他暂停一次起飞，夜航的事业便毁于一旦。明天，那些懦夫又要兴师问罪，但是里维埃尔抢在前面，当夜又放飞了另一个机组。

胜利……失败……这些毫无意义的字眼。生活，在这样一些形象下面，已经在孕育新的形象。一场胜利能削弱一个民族。一次失败会唤醒另一个民族。里维埃尔也许就是真正接近胜利的一个保证。事业，唯有前进才是正道。

五分钟之后，各无线电站就都通知了各中途站。在一万五千千米的航线上，生命的悸动能蹚平所有问题。

这时，已经飞升一支管风琴乐曲：飞机。

里维埃尔脚步沉稳，从那些被他严厉的目光逼得低下头去的秘书中间穿过，返回工作岗位。伟大的里维埃尔，决胜的里维埃尔，沉重的胜券在握。

图书在版编目(CIP)数据

南方邮航 / （法）圣埃克苏佩里著；李玉民译. --
桂林：漓江出版社，2020.6
（外国名作家文集.圣埃克苏佩里卷）
ISBN 978-7-5407-8619-9

Ⅰ.①南… Ⅱ.①圣…②李… Ⅲ.①长篇小说－法
国－现代 Ⅳ.①I565.45

中国版本图书馆CIP数据核字（2019）第007926号

NANFANG YOUHANG
南方邮航
［法］圣埃克苏佩里 著
李玉民 译

出版人：刘迪才
策划编辑：张谦
责任编辑：谢青芸
书籍设计：石绍康
责任监印：张璐

漓江出版社有限公司出版发行
广西桂林市南环路22号 邮编：541002
发行电话：010-85893190 0773-2583322
传真：010-85890870-814 0773-2582200
邮购热线：0773-2583322
电子信箱：ljcbs@163.com
微信公众号：lijiangpress
印制：北京中科印刷有限公司
［北京市通州区工业区1号楼101号 邮政编码：101118］
开本：880 mm × 1230 mm 1/32
印张：7.5 字数：148千字
2020年6月第1版 2020年6月第1次印刷
书号：ISBN 978-7-5407-8619-9
定价：40.00元